ALFAGUARA

2

Cuentos clásicos juveniles
Antología

Ilustraciones de carátula e interiores: Daniela Diaz
Edición y prólogo: Conrado Zuluaga

ALFAGUARA

ALFAGUARA

Del texto: "El empresario de pompas fúnebres", Alexander Pushkin.
"Un árbol de Noel y una boda", Fedor Dostoievsky.
"El poder de la infancia", León Tolstoi.
"La ficha de la muerte", Mark Twain.
"La nodriza", Eça de Queiroz.
"El papá de Simón", Guy de Maupassant.
"El amigo fiel", Oscar Wilde.
1993, Editorial Santillana, S.A.

De esta edición:
©1993, Editorial Santillana, S.A.
Carrera 13 Núm. 63/39, Piso 12
Santafé de Bogotá, Colombia.

D. R. © 1996,
Aguilar, Altea, Taurus, Alfaguara, S.A. de C.V.
Av. Universidad 767, Col. del Valle
México 03100, D.F. Teléfono 688 8966

• Santillana S.A. Juan Bravo 38. 28006, Madrid.
• Santillana S.A., Avda San Felipe 731. Lima.
• Editorial Santillana S.A.
  4ᵗᵃ, entre 5ᵗᵃ y 6ᵗᵃ, transversal. Caracas 106. Caracas.
• Editorial Santillana Inc.
  P.O. Box 5462 Hato Rey, Puerto Rico, 00919.
• Santillana Publishing Company Inc.
  901 W. Walnut St., Compton, Ca. 90220-5109. USA.
• Ediciones Santillana S.A. (ROU)
  Boulevar España 2418, Bajo. Montevideo.
• Aguilar, Altea, Taurus, Alfaguara, S.A.
  Beazley 3860, 1437. Buenos Aires.
• Aguilar Chilena de Ediciones Ltda.
  Pedro de Valdivia 942. Santiago.
• Santillana de Costa Rica, S.A.
  Av. 10 (entre calles 35 y 37), Los Yoses, San José, C.R.

Primera edición: septiembre de 1993.
Primera edición en México: diciembre de 1996.

Diseño de la colección: José Crespo, Rosa Marín, Jesús Sanz.

ISBN 968-19-0319-6

IMPRESO EN MÉXICO

Prólogo

Existe la solapada actitud, entre muchos adultos, de considerar la literatura, denominada infantil, como una especie de subliteratura.. Esa actitud es muy frecuente entre ciertos escritores que se precian, a sí mismos, de producir —eso creen ellos— obras de gran importancia intelectual. La verdad es que están más preocupados por presentar una imagen comercial de sí mismos, vendible, antes que en crear universos nuevos para disfrute de sus lectores.

Hay otros, también, que se creen poseedores de la verdad revelada en cuanto a literatura infantil y juvenil, porque están convencidos de que contándoles a los jovenes boberías almibaradas a media lengua se han ganado el corazón de los pequeños.

Hay otros, en cambio, los verdaderamente buenos, cuya única y real preocupación consiste en crear, en escribir, en contar lo que guardan entre pecho y espalda. Estos últimos han incursionado en muchas ocasiones en temas o relatos claramente orientados hacia un público infantil o juvenil. Por sus papeles privados y su correspondencia con otros autores o amigos, es fácil comprobar que cuando se enfrentaron a la página en blanco con un tema de esa naturaleza, pusieron tanto empeño, voluntad y esfuerzo, como lo hicieron en sus dilatadas obras.

A lo anterior obedece, en buena parte, que varios de esos relatos breves y concisos, también constituyan verdaderas joyas literarias. Pequeños diamantes, pero no por ello menos bellos y provocativos; de pronto, incluso, hasta más cautivadores debido a su exigua brevedad.

Si a lo anterior se añade la brillante idea expresada por un escritor norteamericano de reconocida trayectoria, Ernest Hemingway, quien sostenía que la diferencia esencial entre una novela y un cuento consistía en que, en su necesidad de ganarse definitivamente la atención del lector, la novela —a semejanza de la pelea de boxeo— vence por puntos, mientras el cuento lo hace por *knock out*, sería necesario concluir que en el caso particular de los cuentos recogidos en este volumen, creados por siete gigantes de la literatura universal, el *knock out* es definitivo, certero, perdurable.

Ese es el propósito de esta antología, dejar a los nóveles lectores prendados de esos siete escritores, con la firme esperanza de que continúen por esa senda en cuyo horizonte se entreven muchos otros autores, tan maravillosos y cautivadores como los acá recogidos.

Las limitaciones de un prólogo de esta naturaleza impiden hablar con detenimiento de cada uno de los autores incluidos, pero es bueno señalar que todos ellos cuentan con muchos cuentos más y que son otros sus relatos más difundidos y conocidos. En esta ocasión se quiso aprovechar la oportunidad para dar a conocer algunos textos que sólo aparecen en las exhaustivas ediciones de las Obras Completas.

Varios criterios entraron en juego para adelantar esta selección; integridad, amenidad, extensión, etc.; pero, por encima de todo, el convencimiento irremediable de que no existe una literatura infantil, así como no hay una literatura para la tercera edad; tan sólo buena y mala literatura que a cada uno llega en muy distintas épocas, por la sencilla razón de que el camino de los buenos libros es un juego de acertijo continuo, pero que siempre, a cualquier edad, conmoverá y deleitará.

Conrado Zuluaga Osorio

Indice

EL EMPRESARIO DE POMPAS FUNEBRES

ALEXANDER PUSHKIN

> *¿Acaso no vemos cada día*
> *ataúdes en este viejo y caducante*
> *mundo?*
> (DERZHAVIN.)

L os últimos bártulos de Adrián Projorov, empresario de pompas fúnebres, fueron arrojados en la carreta mortuoria y la pareja de flacos caballos arrastróse por cuarta vez desde la calle Basmannaia hasta la Nikitskaia, donde su dueño se mudaba a vivir. Después de cerrar el taller, clavó en la puerta un anuncio haciendo saber que la casa se vendía o se alquilaba. Acto seguido, Adrián se encaminó a pie a su nueva residencia. Al acercarse a la casita amarilla que durante tanto tiempo sedujo su fantasía y que, finalmente, había adquirido por una suma considerable, el viejo empresario de pompas fúnebres diose cuenta, no sin asombro, de que su corazón no experimentaba alegría alguna. Cuando traspasó el desconocido umbral y vio el desbarajuste que había en su nueva vivienda, suspiró recordando la destartalada choza en la que durante dieciocho años había reinado el más estricto orden. Regañó a sus hijas y a la asistenta por su lentitud y dispúsose a ayudarlas.

Pronto establecieron el orden; la hornacina con los iconos, el armario de la vajilla, la mesa, el diván y las camas ocuparon los lugares designados en la parte posterior de la casa; en la cocina y en la sala dispusieron los artículos y herramientas del dueño de la casa; féretros de todos los colores y de diversos tamaños, así como los armarios con los sombreros de luto, mantillas y antorchas. Sobre la puerta pendía un rótulo que representaba a un obeso amorcillo con un torcido hachón en la mano, y en el que se leía la siguiente inscripción "Aquí se venden y se tapizan ataúdes, tanto corrientes como barnizados; también se reparan los viejos o se facilitan en alquiler." Las muchachas jóvenes retiráronse a su alcoba. Adrián echó un vistazo a su vivienda, sentóse ante la mesa y ordenó que sirvieran el samovar.

El ilustrado lector sabe que tanto Shakespeare como Walter Scott nos describieron a sus respectivos enterradores como sujetos joviales y bromistas para, en virtud del contraste, sorprender más vivamente nuestra imaginación. Por respeto a la verdad nosotros no podemos seguir su ejemplo y vémonos obligados a reconocer que el carácter de nuestro empresario de pompas fúnebres está en absoluta concordancia con su lúgubre profesión.

Por lo general, Adrián Projorov era de un natural meditabundo y sombrío. Unicamente solía romper su silencio para sermonear a sus hijas cuando las sorprendía de brazos cruzados ante la ventana viendo pasar a los transeúntes, o para reclamar un precio más elevado por sus artículos a quienes tenían la desgracia (o la satisfacción, a veces) de precisar de ellos. Así es que, sentado bajo la ventana y bebiendo su séptima taza de té, estaba Adrián, como de costumbre, sumido en tristes cavilaciones. Pensaba en la lluvia torrencial que, en el mismo límite de la población, había recibido la semana anterior al entierro del brigadier jubilado. Por su culpa muchas mantillas habíanse encogido y muchos sombreros se habían abarquillado. Previó gastos inevitables, pues su antigua reserva de galas mortuorias había llegado a un estado deplorable. Confiaba en poder cargar el desembolso de la vieja Trujina, mujer de negocios, que se hallaba, hacia ya casi un año, a las puertas de la muerte. Pero Trujina se moriría en la calle Rasguliaya y Projorov temía que sus herederos, pese a su promesa, no irían tan lejos en su busca, sino que se pondrían de acuerdo con el empresario más cercano.

Tales reflexiones fueron bruscamente interrumpidas por tres golpes en la puerta.

—¿Quién es? —preguntó el enterrador.

Abrióse la puerta y entró en la habitación un individuo de apacible traza, que al primer golpe de vista podía reconocérsele como a un artesano alemán, y que se acercó al empresario.

—Dispénseme, querido vecino —dijo expresándose en un ruso que aún hoy nos causa risa al oirle—, dispénseme si he venido a molestarle..., pero deseaba trabar conocimiento con usted cuanto antes. Soy zapatero, mi nombre es Gotlib Shultz y vivo al otro lado de la calle, en aquella casa que está frente a sus ventanas. Mañana celebro mis bodas de plata y le suplico que tanto usted como sus hijas vengan a comer conmigo como buenos amigos.

Su invitación fue aceptada cordialmente y Adrián le pidió que se sentara con él y aceptara una taza de té. Gracias al carácter expansivo del zapatero no tardaron en iniciar una amistosa conversación.

— ¿Cómo va su negocio, señor? —preguntó Adrián.

— ¡Ah! Pues así, así. Mas no puedo quejarme aunque, claro está, mi mercancía no es como la suya: el vivo puede prescindir del calzado, pero el muerto no puede vivir sin ataúd.

Eso es la pura verdad respondió Adrián. Sin embargo, si el vivo no tiene con qué comprarse unas botas, no hay de que preocuparse, pues va descalzo pero el difunto menesteroso siempre cuenta con un ataúd, aunque sea de balde.

Y de este modo prosiguió durante cierto tiempo, su conversación, hasta que el zapatero se levantó por fin, y despidióse del enterrador reiterándole su invitación.

* * *

A las doce en punto del día siguiente Adrián y sus hijas cruzaban la puerta de su casa y se encaminaban a la del vecino. No me detendré en describir la casaca rusa de Adrián Projorov, ni el atuendo europeo de Akulina y de Daria, renunciando así a la costumbre adoptada por los novelistas de hoy día. No obstante, considero que no estará de más señalar que ambas jóvenes habíanse tocado con los sombreros amarillos y habían calzado sus pies con los zapatos colorados de las ocasiones solemnes.

La reducida vivienda del zapatero estaba atestada de invitados, menestrales alemanes, en su mayor parte, con sus esposas y aprendices. Solo había allí un funcionario ruso, el vigilante Yurko, quien, a pesar de su humilde empleo, había sabido ganarse el aprecio del amo de la casa. Durante veinticinco años había servido Yurko con toda fidelidad. Cuando el incendio del año 12 devastó la antigua capital, destruyó también su caseta amarilla; pero en cuanto el enemigo fue arrojado de la ciudad apareció una nueva caseta, de color gris con columnas de orden dórico, y nuevamente volvióse a ver al guarda Yurko pasearse gallardo ante ella. Era conocido por la mayor parte de los alemanes que vivían en las mediaciones de la Puerta de Nikitskaia, y algunos de ellos habían tenido necesidad de pasar con Yurko la noche del domingo al lunes.

En seguida intimó Adrián con él por tratarse de una persona de la que, más pronto o más tarde, puede uno precisar, y cuando los invitados se dirigieron a la mesa ambos se sentaron juntos. El señor y la señora Schultz y su hija Lotgen, joven de diecisiete años, empezaron a comer, animaban a los invitados a seguir su ejemplo y ayudaron a la cocinera a servir la mesa. La cerveza corría en abundancia. Yurko comía por cuatro, Adrián no le iba a la zaga, pero sus hijas se mostraban gazmoñas. La conversación en alemán iba siendo cada vez más endoza, mas, de repente, el dueño de la casa reclamó un momento de atención, descorchó una botella de marca y gritó en ruso:

— ¡A la salud de mi buena Luisa!

El vino achampañado burbujeó, el anfitrión besó tiernamente el lozano rostro de su cuarentona compañera y todos bebieron alborozados a la salud de la bonachona Luisa.

— ¡A la salud de mis amables huéspedes! —brindó en alemán abriendo la segunda botella.

Sus invitados se lo agradecieron apurando otra vez las copas y, a partir de aquel momento, los brindis perdiéronse uno tras otros: bebieron separadamente por cada convidado, por Moscú y por una docena de ciudades alemanas; brindaron por todos los gremios en general y por cada uno en particular, por los maestros y por los aprendices. Adrián bebió con ardor, achispándose de tal manera que llegó a proponer un jocoso brindis. De repente uno de los invitados, un gordo panadero, alzó la copa y exclamó:

— ¡A la salud de aquellos para quienes trabajamos, unserer kundiente!

Esta propuesta, lo mismo que las anteriores, fue acogida entusiasta y unánimemente. Los comensales empezaron a hacerse mutuas reverencias: el sastre al zapatero y el zapatero al sastre; el panadero a los dos anteriores; los otros al panadero, y así sucesivamente. Yurko, en medio de estas recíprocas genuflexiones, gritó a su vecino:

—¡A ver, padrecito, canta a la salud de tus muertos!

Todos lanzaron una carcajada y el empresario de pompas fúnebres consideróse ofendido y se enfurruñó. No lo advirtió nadie, siguieron bebiendo y ya habían tocado a vísperas cuando se levantaron de la mesa. Se separaron tarde y la mayoría iban embriagados. El grueso panadero y el encuadernador, cuyo rostro parecía encuadernado en tafilete encarnado, tomaron a Yurko por los brazos y le llevaron a su caseta, cumpliendo así el proverbio que dice "Amor con amor se paga". El enterrador regresó a su casa borracho y disgustado.

—Pero ¿qué se ha creído? ¿Acaso mi oficio es menos honorable que los otros? ¿O es que un empresario de pompas fúnebres es hermano del verdugo? ¿De qué se ríen esos herejes? ¿Creen que un empresario de pompas fúnebres es un bufón carnavalero? Tenía pensado invitarlos para festejar nuestra nueva residencia y obsequiarles con un buen banquete, pero, ¡no será verdad! Invitaré a aquellos para quienes trabajo: a los difuntos ortodoxos.

—¿Qué te ocurre, padrecito? Preguntóle la sirvienta que le estaba descalzando—. ¿Qué estás diciendo? ¡Haz la señal de la cruz! ¡Vaya ocurrencia llamar a los muertos para celebrar la llegada a la nueva casa!

—¡Como hay Dios que les invitaré! —insistió Adrián—. ¡Además, mañana mismo! ¡Por favor, bienhechores míos, mañana por la tarde acudid a mi festín, os obsequiaré con todo lo que Dios me ha dado!

Después de que hubo dicho estas palabras se dirigió a su cama y pronto se le oyó roncar.

Aún no era de día cuando despertaron a Adrián. La traficanta Trujina había fallecido aquella misma noche y su administrador enviaba un emisario a caballo para informar a Adrián de esta noticia. El empresario le dio diez kopeks de propina, vistióse precipitadamente y partió para Rasguliaya. Ante la casa de la difunta ya montaba la guardia la policía y los mercaderes paseábanse de un lado para otro, como cuervos que olfatearan la carroña. La muerta yacía en una mesa, amarilla como la cera, pero no desfigurada aún por la descomposición. Junto a ella se agolpaban los parientes, los vecinos y la servidumbre. Todas las ventanas estaban abiertas y las velas encendidas, y los sacerdotes rezaban las oraciones. Adrián se acercó al sobrino de Trujina, un joven comerciante con chaleco a la moda, y le comunicó que el ataúd, los cirios, el sudario y el resto de los efectos funerarios serían enviados con toda puntualidad. El heredero le dio las gracias distraído y añadió que no ponía reparos al precio pues confiaba en su integridad. El empresario, siguiendo el hábito, puso a Dios por testigo de que no cobraría más de lo debido; intercambió después una significativa mirada con el administrador y se fue a hacer las gestiones necesarias.

Se pasó el día entero yendo de Rasguliaya a Nikitskaia y a la inversa; hacia el atardecer lo tenía ya todo dispuesto, despidió al cochero y se dirigió andando a su casa. Era una noche de luna y llegó sin contratiempos a la Puerta de Nikitskaia. Al pasar por la iglesia de Vosnesenskaya le dio el alto nuestro amigo Yurko, pero al reconocer al dueño de la funeraria le deseó las buenas noches. Era hora avanzada y Projorov acercábase ya a su casa, cuando le pareció que alguien estaba ante su puerta, que la abría y desaparecía en el interior. "¿Qué pasará? —pensó Adrián—. ¿Quién precisará otra vez de mi? ¿Será un ladrón el que ha entrado en mi casa? ¿Será algún amante que visita a las necias de mis hijas? ¡Todo pudiera ser!" Y ya se disponía a reclamar la ayuda de su amigo Yurko, cuando alguien más se acercó a la puerta y estaba a punto de entrar en el momento en que vio a Adrián que corría hacia la casa; entonces el visitante se detuvo y se quitó el sombrero de tres picos. Al empresario le pareció un rostro conocido, pero por las prisas no pudo observarlo bien.

—Usted venía a mi casa— dijo Adrián sofocado—, pues haga el favor de pasar.

—No te andes con cumplidos, padrecito— rehusó el otro con voz ronca—. Ve delante e indica el camino a tus invitados.

Adrián tampoco tenía tiempo de andarse con ceremonias; la puerta ya estaba abierta y pasó hasta la escalera seguido por el visitante. Tuvo la impresión de que en sus habitaciones había gente. "¿Qué diablos ocurre?", pensó, apresurándose a entrar.

Sintió que las piernas le flaqueaban. La estancia aparecía llena de difuntos. A través de las ventanas la luna iluminaba sus rostros amarillentos y azulanos, sus bocas hundidas, sus semicerrados y mortecinos ojos y sus narices prominentes... Adrián reconocía horrorizado a aquellas gentes que habían sido sepultadas con su participación, descubriendo también entre ellas al brigadier enterrado el día de lluvia torrencial.

Todos ellos, damas y caballeros, rodearon al empresario y le saludaron con reverencias, excepto un indigente que había sido enterrado recientemente gratis y que, abochornado y lleno de vergüenza por los harapos que llevaba, permanecía humildemente en un rincón. Los otros iban ataviados con decoro: las difuntas con cofias y cintas; los difuntos funcionarios con uniforme, pero con las barbas sin afeitar, y los mercaderes con sus levitas de los días de fiesta.

—Como ves, Projorov— manifestó el brigadier en nombre de la honorable concurrencia—, todos nos hemos alzado a tu invitación; únicamente han quedado en casa los imposibilitados, los completamente desmoronados y los que solo conservan los huesos sin pizca de piel..., aunque ha habido uno de ellos que no ha podido resistir al deseo que tenía de venir a tu casa...

En aquel instante, un pequeño esqueleto se abrió paso entre los presentes y se acercó a Adrián. Su calavera sonreía cariñosamente al empresario; colgaban de él, como de un mástil, trozos de paño verde y rojo y pingajos de viejo lienzo, y los huesos de sus pies resonaban dentro de las botas de montar como el mallo en el almirez.

—No me reconoces, Projorov —dijo—. ¿Te acuerdas del sargento de la Guardia retirado, Pedro Petrovich Kurilkin, el mismo a quien en 1799 vendiste tu primer ataúd diciendo que era de roble, cuando en realidad era de pino?

Al pronunciar estas palabras el cadáver extendió sus huesudos brazos para abrazarse a Adrián, pero este hizo acopio de todas sus fuerzas, lanzó un grito y le rechazó. Pedro Petrovich se tambaleó, cayó al suelo y se desmoronó.

Entre los muertos elevóse un murmullo de indignación; todos salieron en defensa de la dignidad de su camarada, llenaron de improperios y amenazas a Adrián y el desdichado, aturdido y aplanado por sus gritos, perdió su presencia de ánimo y se desplomó sin sentido sobre los huesos del sargento de la Guardia retirado.

Hacía largo rato que el sol alumbraba el lecho en el que reposaba el empresario de pompas fúnebres. Por fin abrió los ojos y vio ante sí a la sirvienta que avivaba el samovar. Adrián recordó con horror los sucesos de la víspera: por su imaginación desfilaron Trujina, el brigadier y el sargento Kurilkin, y esperó en silencio a que la sirvienta empezara la conversación y le enterara de las consecuencias de sus aventuras nocturnas.

—¿Qué tal has dormido, Adrián Projorovich?— le preguntó, entregándole la bata y añadió—: Ha venido el sastre y también nuestro vecino el panadero para comunicarte que hoy es el día de su santo, pero como seguías durmiendo no hemos querido despertarte.

—¿Ha venido alguien de parte de la difunta Trujina?

—¿De la difunta? ¿Es que se ha muerto?

—¡Serás tonta! ¿Pues no fuiste tú la que ayer por la tarde me ayudó a preparar el entierro?

—¿Qué dices padrecito? ¿Has perdido el juicio o te dura aún la borrachera de anoche? ¿Qué entierro hubo ayer? Todo el día estuviste de juerga en la casa del alemán, regresaste embriagado, caíste en la cama y has estado durmiendo hasta ahora, y ya hace rato que tocaron a misa.

—¿De veras?— respondió, regocijado, Projorov.

—Seguro que sí— afirmó la criada.

—Bien, pues entonces sírveme cuanto antes el té
y llama a mis hijas.

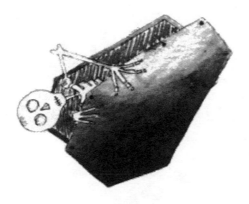

UN ARBOL DE NOEL Y UNA BODA

FEDOR DOSTOIEVSKY

Hace un par de días asistí yo a una boda... Pero no... Antes he de contaros algo relativo a una fiesta de Navidad. Una boda es, ya de por sí, cosa linda, y aquella de marras me gustó mucho... Pero el otro acontecimiento me impresionó más todavía. Al asistir a aquella boda, hube de acordarme de la fiesta de Navidad. Pero voy a contaros lo que allí sucedió.

Hará unos cinco años, cierto día, entre Navidad y Año Nuevo, recibí una invitación para un baile infantil que había de celebrarse en casa de una respetable familia amiga mía. El dueño de la casa era un personaje influyente, que estaba muy bien relacionado; tenía un gran círculo de amistades, desempeñaba un gran papel en sociedad y solía urdir todos los enredos posibles; de suerte que podía suponerse, desde luego, que aquel baile de niños sólo era un pretexto para que las personas mayores, especialmente los señores papás, pudieran reunirse de un modo completamente inocente en mayor número que de costumbre y aprovechar aquella ocasión para hablar, como casualmente, de toda clase de acontecimientos y cosas notables.

Pero como a mí las referidas cosas y acontecimientos no me interesaban lo más mínimo, y
como entre los presentes apenas si tenía algún
conocido, me pasé toda la velada entre la gente,
sin que nadie me molestara, abandonado por
completo a mí mismo. Otro tanto hubo de suce-
derle a otro caballero, que, según a mí mismo me
pareció, no se distinguía ni por su posición social,
ni por su apellido, y, a semejanza mía, sólo por
pura casualidad se encontraba en aquel baile
infantil... Inmediatamente hubo de llamarme la
atención. Su aspecto exterior impresionaba bien:
era de gran estatura, delgado, sumamente serio e
iba muy bien vestido. Advertíase a las claras que
no era amigo de distracciones ni de pláticas frívo-
las. Al instalarse en un rinconcito tranquilo, su
semblante, cuyas negras cejas se fruncieron, asu-
mió una expresión dura, casi sombría. Saltaba a la
vista que, quitando al dueño de la casa, no conocía
a ninguno de los presentes. Y tampoco era difícil
adivinar que aquella fiestecita le aburría hasta la
náusea. Aunque, a pesar de ello, mostró hasta el
final el aspecto de un hombre feliz que pasa
agradablemente el tiempo. Después supe que pro-
cedía de la provincia y sólo por una temporada
había venido a Petersburgo, donde debía de fallarse
al día siguiente un pleito, enrevesado, del que
dependía todo su porvenir. A nuestro amigo el
dueño de la casa habíase presentado con una carta
de recomendación, por lo que aquél habíale cor-
tésmente invitado a la velada; pero, según parecía,
no contaba lo más mínimo con que el dueño de la
casa se tomase por él la más ligera molestia. Y
como allí no se jugaba cartas y nadie le ofrecía un

cigarro ni se dignaba dirigirle la palabra −probablemente conocían ya de lejos al pájaro por la pluma−, vióse obligado nuestro hombre, para dar algún entretenimiento a sus manos, a estar toda la noche mesándose las patillas. Tenía, verdaderamente, unas patillas muy hermosas; pero, así y todo, se las acariciaba demasiado, dando a entender que primero habían sido creadas aquellas patillas, y luego le habían añadido el hombre, con el solo objeto de que les prodigase sus caricias.

Además de aquel caballero que no se preocupaba lo más mínimo por aquella fiesta de los cinco chicos pequeñines y regordetes del anfitrión, hubo de chocarme también otro individuo. Pero éste mostraba un porte totalmente distinto: ¡era todo un personaje!

Se llamaba Yulián Mastakóvich. A la primera mirada comprendíase que era un huésped de honor y se hallaba, respecto al dueño de la casa, en la misma relación, aproximadamente, en que respecto a éste se encontraba el forastero desconocido. El dueño de la casa y su señora se desvivían por decirle palabras lisonjeras, le hacían lo que se dice la corte, le presentaban a todos sus invitados, pero sin presentárselo a ninguno. Según pude observar, el dueño de la casa mostró en sus ojos el brillo de una lagrimita de emoción cuando Yulián Mastakóvich, elogiando la fiesta, aseguróle que rara vez había pasado un rato tan agradable. Yo, por lo general, suelo sentir un malestar extraño en presencia de hombres tan importantes; así que, luego de recrear suficientemente mis ojos en la

contemplación de los niños, me retiré a un pequeño saloncito, en el que por casualidad, no había
nadie, y allí me instalé en el florido parterre de la
dueña de la casa, que cogía casi todo el aposento.

Los niños eran todos increíblemente simpáti-
cos e ingenuos y verdaderamente infantiles, y en
modo alguno pretendían dárselas de *mayores*,
pese a todas las exhortaciones de ayas y madres.
Habían literalmente saqueado todo el árbol de
Navidad hasta la última rama, y también tuvieron
tiempo de romper la mitad de los juguetes, aun
antes de haber puesto en claro para quien estaba
destinado cada uno. Un chiquillo de aquéllos de
negros ojos y rizos negros, hubo de llamarme la
atención de un modo particular: estaba empeñado en dispararme un tiro, pues le había tocado una
pistola de madera. Pero la que más llamaba la
atención de los huéspedes era su hermanita. Tendría ésta unos once años, era delicada y pálida,
con unos ojazos grandes y pensativos. Los demás
niños debían de haberla ofendido por algún con-
cepto, pues se vino al cuarto donde yo me encontraba, se sentó en un rincón y se puso a jugar con
su muñeca. Los convidados se señalaban unos a
otros con mucho respeto a un opulento comerciante, el padre de la niña, y no faltó quien en voz
baja hiciese observar que ya tenía apartados para
la dote de la pequeña sus buenos trescientos mil
rublos en dinero contante y sonante. Yo,
involuntariamente, dirigí la vista hacia el grupo
que tan interesante conversación sostenía, y mi
mirada fue a dar en Yulián Mastakóvich, que, con
las manos cruzadas a la espalda y un poco ladeada

la cabeza, parecía escuchar muy atentamente el insulso diálogo. Al mismo tiempo hube de admirar no poco la sabiduría del dueño de la casa, que había sabido acreditarla en la distribución de los regalos. A la muchacha que poseía ya trescientos mil rublos le había correspondido la muñeca más bonita y más cara. Y el valor de los demás regalos iba bajando, según la categoría de los respectivos padres de los chicos. Al último niño, un chiquillo de unos diez años, delgadito, pelirrojo y con pecas, sólo le tocó un libro que contenía historias instructivas y trataba de la grandeza del mundo natural, de las lágrimas de la emoción y demás cosas por el estilo: un árido libraco, sin una estampa ni un adorno.

Era el hijo de una pobre viuda, que les daba clase a los niños del anfitrión, y a la que llamaban, por abreviar, el aya. Era el tal chico un niño tímido, pusilánime. Vestía una blusilla rusa de nankín barato. Después de recoger su libro, anduvo largo rato huroneando en torno a los juguetes de los demás niños; se le notaban unas ganas terribles de jugar con ellos; pero no se atrevía; era claro que comprendía ya muy bien su posición social. Yo contemplaba complacido los juguetes de los niños. Me resultaba de un interés extraordinario la independencia con que se manifestaban en la vida. Me chocaba que aquel pobre chico de que hablé se sintiera tan atraído por los valiosos juguetes de los otros nenes, sobre todo por un teatrillo de marionetas en el que seguramente habría deseado desempeñar algún papel, hasta el extremo de decidirse a una lisonja. Sonrióse y trató de hacerse simpático a los demás: dióle su manzana a una nena mofletuda, que ya tenía todo un bolso de golosinas, y llegó hasta el punto de decidirse a llevar a uno de los chicos a cuestas, todo con tal de que no le excluyesen del teatro. Pero en el mismo instante surgió un adulto, que en cierto modo hacía allí de inspector, lo echó a empujones y codazos. El chico no se atrevió a llorar. En seguida apareció también el aya, su madre, y le dijo que no molestase a los demás. Entonces se vino el chico al cuarto donde estaba la nena. Ella lo recibió con cariño, y ambos se pusieron, con mucha aplicación a vestir a la muñeca.

Yo llevaba ya sentado media horita en el parterre, y casi me había adormilado, arrullado inconscientemente por el parloteo infantil del chico pelirrojo y la futura belleza con dote de trescientos mil rublos, cuando de repente hizo irrupción en la estancia Yulián Mastakóvich. Aprovechó la ocasión de haberse suscitado una gran disputa entre los niños del salón para desaparecer de allí sin ser notado. Hacía unos minutos nada más habíalo visto yo al lado del opulento comerciante, padre de la pequeña, en vivo coloquio, y, por alguna que otra palabra suelta que cogiera al vuelo, adiviné que estaba ensalzando las ventajas de un empleo con relación a otro. Ahora estaba pensativo, en pie, junto al parterre, sin verme a mí, y parecía meditar algo.

"Trescientos..., trescientos... —murmuraba—. Once... doce..., trece..., dieciséis... ¡Cinco años!

Supongamos al cuatro por ciento... Doce por cinco... Sesenta. Bueno; pongamos, en total, al cabo de cinco años... Cuatrocientos. Eso es... Pero él no se ha de contentar con el cuatro por ciento, el muy perro. Lo menos querrá un ocho, y hasta un diez. ¡Bah! Pongamos... quinientos mil ... ¡Hum! Medio millón de rublos. Esto es ya mejor... Bueno...; y luego, encima, los impuestos... ¡Hum!"

Su resolución era firme. Escombróse, y se disponía ya a salir de la habitación, cuando, de pronto, hubo de reparar en la pequeña, que estaba con su muñeca en un rincón, junto al niñito pobre, y se quedó parado. A mí no me vio, escondido, como estaba, detrás del denso follaje. Según me pareció, estaba muy excitado. Difícil sería, no obstante, precisar si su emoción era debida a la cuenta que acababa de echar o a alguna otra causa, pues se frotó sonriendo las manos, y parecía como si no pudiese estarse quieto. Su excitación fue creciendo hasta un extremo incomprensible, al dirigir una segunda y resuelta mirada a la rica heredera. Quiso avanzar un paso; pero volvió a detenerse, y miró con mucho cuidado en torno suyo. Luego aproximóse de puntillas, como consciente de una culpa, lentamente y sin hacer ruido, a la pequeña. Como ésta se hallaba detrás del chico, inclinóse mi hombre y le dio un beso en su cabecita. La pequeña lanzó un grito, asustada, pues no había advertido hasta entonces su presencia.

—¿Qué haces aquí, hija mía?— preguntóle por lo bajo, miró en torno suyo y dióle luego una palmadita en las mejillas.

—Estamos jugando...

—¡Ah! ¿Con éste?— y Yulián Mastakóvich lanzó una mirada al pequeño.

—Mira, niño: mejor estarías en la sala —díjole.

El chico no replicó, y quedósele mirando fijo. Yulián Mastakóvich volvió a echar una rápida ojeada en torno suyo, y de nuevo se inclinó hacia la pequeña.

—¿Qué es esto, niña? ¿Una muñeca? —preguntóle.

—Sí, una muñequita... —repuso la nena algo forzada, y frunció levemente el ceño.

—Una muñeca... Pero, ¿sabes tú, hija mía, de qué se hacen las muñecas?

—No... —respondió la niña en un murmullo, y volvió a bajar la cabeza.

—Bueno; pues mira: las hacen de trapos viejos, corazón. Pero tú estarías mejor en la sala, con los demás niños —y Yulián Mastakóvich, al decir esto, dirigió una severa mirada al pequeño. Pero éste y la niña fruncieron la frente y se apretaron más el uno contra el otro. Por lo visto, no querían separarse.

—¿Y sabes tú también para qué te han regalado esta muñeca? —tornó a preguntar Yulián

Mastakóvich, que cada vez ponía en su voz más mimo.

—No.

—Pues para que seas buena y cariñosa.

Al decir esto, tornó Yulián Mastakóvich a mirar hacia la puerta, y luego preguntóle a la niña con voz apenas perceptible, trémula de emoción e impaciencia:

—Pero, ¿me querrás tú también a mí si les hago una visita a tus padres?

Al hablar así, intentó Yulián Mastakóvich darle otro beso a la pequeña; pero al ver el niño que su amiguita estaba ya a punto de romper en llanto, apretujóse contra su cuerpecito, lleno de súbita congoja, y por pura compasión y cariño rompió a llorar alto con ella. Yulián Mastakóvich se puso furioso.

—¡Largo de aquí! ¡Largo de aquí! —díjole con muy mal genio al chico—. ¡Vete a la sala! ¡Anda a reunirte con los demás niños!

—¡No, no, no! ¡No quiero que se vaya! ¿Por qué tiene que irse? ¡Usted es quien debe irse! —clamó la nena—. ¡El se quedará aquí! ¡El se quedará aquí! ¡Déjele usted estar! —añadió llorando.

En aquel instante sonaron voces altas junto a la puerta y Yulián Mastakóvich irguió el busto imponente. Pero el niño se asustó todavía más que Yulián Mastakóvich; soltó a la amiguita y se escurrió, sin ser visto, a lo largo de las paredes, en el comedor. También al comedor se trasladó Yulián Mastakóvich, cual si nada hubiera pasado. Tenía el rostro como la grana, y como al pasar ante un espejo se mirase en él, pareció asombrarse él mismo de su aspecto. Quizá le contrariase haberse excitado tanto y hablado de manera tan destemplada. Por lo visto, sus cálculos le habían absorbido y entusiasmado de tal modo, que a pesar de toda su dignidad y astucia, procedió como un verdadero chiquillo, y en seguida, sin pararse a reflexionar, empezaba a atacar su objetivo. Yo le seguí al otro cuarto..., y en verdad que fue un raro espectáculo el que allí presencié. Pues vi nada menos que a Yulián Mastakóvich, el digno y respetable Yulián Mastakóvich, hostigar al pequeño, que cada vez retrocedía más ante él y, de puro asustado, no sabía ya dónde meterse.

—¡Vamos, largo de aquí! ¿Qué haces aquí holgazán? ¡Anda, vete! Has venido aquí a robar fruta, ¿verdad? Habrás robado alguna, ¿eh? ¡Pues lárgate en seguidita, que ya verás, si no, cómo te arreglo yo a ti!

El muchacho, azorado, resolvióse, finalmente, a adoptar un medio desesperado de salvación: se metió debajo de la mesa. Pero al ver aquello púsose todavía más furioso su perseguidor. Lleno de ira, tiró del largo mantel de batista que cubría la mesa, con objeto de sacar de allí al chico. Pero éste se estuvo quietecito, muertecito de miedo, y no se movió. Debo hacer notar que Yulián Mastakóvich era algo corpulento. Era lo que se dice un tío gordo, con los mofletes colorados, una ligera tripa, rechoncho y con las pantorrillas gordas...; en una palabra: un tío forzudo, que todo lo tenía redondito como la nuez. Gotas de sudor corríanle ya por la frente; respiraba jadeando y casi con estertor. La sangre, de estar agachado, subíasele, roja y caliente, a la cabeza. Estaba rabioso, de puro grande que eran su enojo o, ¿quién sabe?, sus celos. Yo me eché a reír alto. Yulián Mastakóvich volvióse como un relámpago, hacia mí, y, no obstante su alta posición social, su influencia y sus años, quedóse enteramente confuso. En aquel instante entró por la puerta frontera el dueño de la casa. El chico salióse de debajo de la mesa y se sacudió el polvo de las rodillas y los codos. Yulián Mastakóvich recobró la serenidad, se llevó rápidamente el mantel, que aún tenía cogido de un pico, a la nariz, y se sonó.

El dueño de la casa nos miró a los tres sorprendido; pero, a fuer de hombre listo que toma la vida en serio, supo aprovechar la ocasión de poder hablar a solas con su huésped.

—¡Ah! Mire usted: éste es el muchacho en cuyo favor tuve la honra de interesarle... —empezó, señalando al pequeño.

—¡Ah! —replicó Yulián Mastakóvich, que seguía sin ponerse a la altura de la situación.

—Es el hijo del aya de mis hijos —continuó explicativo el dueño de la casa, y en tono comprometedor—, una pobre mujer. Es viuda de un honorable funcionario. ¿No habría medio, Yulián Mastakóvich...?

—¡Ah! Lo había olvidado. ¡No, no! —interrumpióle éste presuroso—. No me lo tome usted a mal, mi querido Filipp Aleksiéyevich: pero es de todo punto imposible. Me he informado bien; no hay, actualmente, ninguna vacante, y aun cuando la hubiese, siempre tendría éste por delante diez candidatos con mayor derecho... Lo siento mucho, créame, pero...

—¡Lástima! —dijo pensativo el dueño de la casa—. Es un chico muy juicioso y modesto...

—Pues a mi, por lo que he podido ver, me parece un tunante— observó Yulián Mastakóvich con forzada sonrisa—. ¡Anda! ¿Qué haces aquí? ¡Vete con tus compañeros! —díjole al muchacho, encarándose con él.

Luego no pudo, por lo visto, resistir a la tentación de lanzarme a mí también una mirada terrible. Pero yo, lejos de intimidarme, me reí claramente en su cara. Yulián Mastakóvich la volvió inmediatamente a otro lado y preguntóle de un modo muy perceptible al dueño de la casa quién era aquel joven tan raro. Ambos pusiéronse a cuchichear y salieron del aposento. Yo pude ver aún, por el resquicio de la puerta, cómo Yulián Mastakóvich, que escuchaba con mucha atención al dueño de la casa, movía la cabeza admirado y receloso.

Después de haberme reído lo bastante, yo también me trasladé al salón. Allí estaba ahora el personaje influyente, rodeado de padres y madres de familia y de los dueños de la casa, y hablaba en tono muy animado con una señora que acababan de presentarle. La señora tenía cogida de la mano a la pequeña que Yulián Mastakóvich besara hacía diez minutos. Ponderaba el hombre a la niña, poniéndola en el séptimo cielo; ensalzaba su hermosura, su gracia, su buena educación, y la madre le oía casi con lágrimas en los ojos. Los labios del padre sonreían. El dueño de la casa participaba con visible complacencia en el júbilo general. Los demás invitados también daban muestras de grata emoción, e incluso habían interrumpido los juegos de los niños para que éstos no molestasen con su algarabía. Todo el aire estaba lleno de exaltación. Luego pude oír yo cómo la madre de la niña, profundamente conmovida, con rebuscadas frases de cortesía, rogaba a Yulián Mastakóvich le hiciese el honor especial de visitar su casa, y pude oír también cómo Yulián Mastakóvich, sinceramente encantado, prometía corresponder sin falta a la amable invitación, y cómo los circunstantes, al dispersarse por todos lados, según lo pedía el uso social, se deshacían en conmovidos elogios, poniendo por las nubes al comerciante, su mujer y su nena, pero sobre todo a Yulián Mastakóvich.

—¿Es casado ese señor? —pregunté yo alto a un amigo mío, que estaba al lado de Yulián Mastakóvich.

Yulián Mastakóvich me lanzó una mirada colérica, que reflejaba exactamente sus sentimientos.

—No —respondióme mi amigo, visiblemente contrariado por mi intempestiva pregunta, que yo, con toda intención, le hiciera en voz alta.

*

Hace un par de días hube de pasar por delante de la iglesia de *** La muchedumbre que en el porche se apiñaba y sus ricos atavíos hubieron de llamarme la atención. La gente hablaba de una boda. Era un nublado día de otoño, y empezaba a helar. Yo entré en la iglesia, confundido entre el gentío, y miré a ver quién fuese el novio. Era un tío bajo y rechoncho, con tripa y muchas condecoraciones en el pecho. Andaba muy ocupado, de acá para allá, dando órdenes, y parecía muy excitado. Por último, prodújose en la puerta un gran revuelo; acababa de llegar la novia. Yo me abrí paso entre la multitud, y pude ver una beldad maravillosa, para la que apenas despuntara aún la primera primavera. Pero estaba pálida y triste. Sus ojos miraban distraídos. Hasta parecióme que las lágrimas vertidas habían ribeteado aquellos ojos. La severa hermosura de sus facciones prestaba a toda su figura cierta dignidad y solemnidad altivas. Y, no obstante, al través de esa seriedad y dignidad y de esa melancolía, resplandecía el alma inocente, inmaculada, de la infancia, y se delataba en ella algo indeciblemente inexperto, inconsciente, infantil, que, según parecía, sin decir palabra, tácitamente, imploraba piedad.

Decíase entre la gente que la novia apenas si tendría dieciséis años. Yo miré con más atención al novio, y de pronto reconocí al propio Yulián Mastakóvich, al que hacía cinco años que no volviera a ver. Y miré también a la novia. ¡Santo Dios! Me abrí paso entre el gentío en dirección a la salida, con el deseo de verme cuanto antes lejos de allí. Entre la gente se decía que la novia era rica: en dinero contante y sonante poseía medio millón de rublos, más una renta por valor de tanto y cuanto...

"¡Le salió bien la cuenta!", pensé yo, y salí a la calle.

EL PODER
DE LA INFANCIA

LEON TOLSTOI

Que lo maten! ¡Que lo fusilen! ¡Que fusilen inmediatamente a ese canalla!... ¡Que lo maten! ¡Que corten el cuello a ese criminal! ¡Que lo maten, que lo maten!... −gritaba una multitud de hombres y mujeres, que conducía, maniatado, a un hombre alto y erguido. Este avanzaba con paso firme y con la cabeza alta. Su hermoso rostro viril expresaba desprecio e ira hacia la gente que lo rodeaba.

Era uno de los que, durante la guerra civil, luchaban del lado de las autoridades. Acababan de prenderlo y lo iban a ejecutar.

"¡Qué le hemos de hacer! El poder no ha de estar siempre en nuestras manos. Ahora lo tienen ellos. Si ha llegado la hora de morir, moriremos. Por lo visto, tiene que ser así", pensaba el hombre; y, encogiéndose de hombros, sonreía, fríamente, en respuesta a los gritos de la multitud.

−Es un guardia. −Esta misma mañana ha tirado aún contra nosotros−exclamó alguien.

Canallas

Pero la muchedumbre no se detenía. Al llegar a una calle en que estaban aún los cadáveres de los que el ejército había matado la víspera, la gente fue invadida por una furia salvaje.

−¿Qué esperamos? Hay que matar a ese infame aquí mismo. ¿Para qué llevarlo más lejos?

El cautivo se limitó a fruncir el ceño y a levantar aún más la cabeza. Parecía odiar a la muchedumbre más de lo que ésta lo odiaba a él.

−¡Hay que matarlos a todos! ¡A los espías, a los reyes, a los sacerdotes y a esos canallas! Hay que acabar con ellos, en seguida, en seguida... −gritaban las mujeres.

Pero los cabecillas decidieron llevar al reo a la plaza.

Ya estaban cerca, cuando de pronto, en un momento de calma, se oyó una vocecita infantil, entre las últimas filas de la multitud.

−¡Papá! ¡Papá! −gritaba un chiquillo de seis años, llorando a lágrima viva, mientras se abría paso, para llegar hasta el cautivo−. Papá ¿qué te hacen? ¡Espera, espera! Llévame contigo, llévame...

Los clamores de la multitud se apaciguaron por el lado en que venía el chiquillo. Todos se apartaron de él, como ante una fuerza, dejándolo acercarse a su padre.

Cabecillas   apaciguarse

—¡Qué simpático es! —comentó una mujer.

—¿A quién buscas?—preguntó otra, inclinándose hacia el chiquillo.

—¡Papá! ¡Déjenme que vaya con papá!—lloriqueó el pequeño.

—¿Cuántos años tienes, niño?

—¿Qué vais a hacer con papá?

—Vuelve a tu casa, niño, vuelve con tu madre —dijo un hombre.

El reo oía ya la voz del niño, así como las respuestas de la gente. Su cara se tornó aún más taciturna.

—¡No tiene madre! —exclamó, al oír las palabras del hombre.

El niño se fue abriendo paso hasta que logró llegar junto a su padre; y se abrazó a él.

La gente seguía gritando lo mismo que antes: "¡Que lo maten! ¡Que lo ahorquen! ¡Que fusilen a ese canalla!"

—¿Por qué has salido de casa?—preguntó el padre.

—¿Dónde te llevan?

—¿Sabes lo que vas a hacer?

—¿Qué?

—¿Sabes quién es Catalina?

—¿La vecina? ¡Claro!

—Bueno pues... ve a su casa y estate ahí... hasta que yo... hasta que yo vuelva.

—¡No; no iré sin ti!—exclamó el niño, echándose a llorar.

—¿Por qué?

—Te van a matar.

—No. ¡Nada de eso! No me van a hacer nada malo.

Despidiéndose del niño, el reo se acercó al hombre que dirigía a la multitud.

—Escuche; máteme como quiera y donde le plazca; pero no lo haga delante de él—exclamó, indicando al niño—. Desáteme por un momento y cójame del brazo para que pueda decirle que estamos paseando, que es usted mi amigo. Así se marchará. Después..., después podrá matarme como se le antoje.

El cabecilla accedió. Entonces, el reo cogió el niño en brazos y le dijo:

—Sé bueno y ve a casa de Catalina.

—¿Y qué vas a hacer tú?

—Ya ves, estoy paseando con este amigo; vamos a dar una vuelta; luego iré a casa. Anda, vete, sé bueno.

El chiquillo se quedó mirando fijamente a su padre, inclinó la cabeza a un lado, luego al otro, y reflexionó.

—Vete; ahora mismo iré yo también.

—¿De veras?

El pequeño obedeció. Una mujer lo sacó fuera de la multitud.

—Ahora estoy dispuesto; puede matarme —exclamó el reo, en cuanto el niño hubo desaparecido.

Pero, en aquel momento, sucedió algo incomprensible e inesperado. Un mismo sentimiento invadió a todos los que momentos antes se mostraron crueles, despiadados y llenos de odio.

—¿Sabéis lo que os digo? Debíais soltarlo —propuso una mujer.

—Es verdad. Es verdad—asintió alguien.

—¡Soltadlo! ¡Soltadlo!—rugió la multitud.

despiadado

Entonces, el hombre orgulloso y despiadado que aborreciera a la muchedumbre hacía un instante, se echó a llorar; y, cubriéndose el rostro con las manos, pasó entre la gente, sin que nadie lo detuviera.

aborrer

LA FICHA
DE LA MUERTE

MARK TWAIN

I

Ocurrió en los tiempos de Oliverio Cromwell. El coronel Mayfair era el oficial más joven de su grado en los ejércitos de la Comunidad, porque sólo tenía treinta años. Pero, a pesar de su juventud, era un soldado veterano, curtido por la intemperie y maltratado por la guerra, porque empezó su carrera militar a los diecisiete años; había peleado en muchos combates, ganando paso a paso su alta graduación en el servicio y la admiración de los demás por su valor en el campo de batalla. Sin embargo, ahora se encontraba en un apuradísimo trance; su suerte se había entenebrecido.

Había llegado la velada invernal, y en la parte de afuera reinaban la tormenta y la oscuridad; dentro, un silencio melancólico, porque el coronel y su joven esposa se habían confesado su dolor, leído el capítulo de la Biblia correspondiente a aquella noche, rezado la oración de la noche, y ya no les quedaba otra cosa que permanecer sentados mano sobre mano contemplando el fuego y pensando, y esperando. No tendrían que esperar mucho; lo sabían, y la esposa se estremeció ante aquel pensamiento.

Tenían una niña, Abby (Abigail), de siete años de edad, que era su ídolo. De un momento a otro se presentaría para dar y recibir el beso de despedida para acostarse; el coronel abrió la boca y dijo:

—Seca tus lágrimas y pongamos cara de felicidad, por amor a la niña. Es preciso que olvidemos por un rato lo que ha de ocurrir.

—Lo haré. Cerraré mis lágrimas dentro de mi corazón, que está destrozándose.

—Y aceptaremos lo que nos está reservado, sobrellevándolo con paciencia, porque sabemos que todo cuanto El hace lo hace en justicia y con fines bondadosos.

—Diré: "Hágase la voluntad del Señor." Sí; soy capaz de decirlo con toda mi voluntad y mi alma. ¡Y ojalá que pudiera decirlo con mi corazón! ¡Oh, si pudiera decirlo! ¡Si esta mano querida que estrecho y beso por última vez...!

—¡Silencio, corazón, que ella llega!

Se deslizó por la puerta una figurita de cabellos ensortijados, vestida con ropa de noche; corrió hacia su padre y éste la estrechó contra su pecho y la besó fervorosamente una, dos, tres veces.

—Pero, papá, no tiene usted que besarme de esa manera; me alborota el cabello.

—¡Cuánto lo siento, cuánto lo siento! ¿Me perdonas, cariño?

—¡Naturalmente que sí, papá! Pero usted está pesaroso, no de una manera fingida, sino real; profundamente pesaroso.

—Bien, Abby, puedes juzgarlo por ti misma—y se tapó la cara con las manos, haciendo como que sollozaba.

La niña sintió gran remordimiento al ver el final trágico que ella había ocasionado y empezó también a llorar y a tirarle de la manos diciendo:

—¡Por favor, papá, no llore usted!

Abby no tuvo mala intención; Abby no lo volverá a hacer jamás. ¡Por favor papá!—dando tirones y haciendo fuerza para separar los dedos, la niña tuvo un rápido atisbo de un ojo que la miraba detrás de ellos y exclamó—: Papá, eres malísimo, porque no estás llorando ni mucho menos. Estás únicamente engañándome, y Abby se marcha ahora con mamá, porque no la tratas tú como es debido.

Iba ya a bajar al suelo, pero su padre la rodeó con los brazos y dijo:

—No te vayas, quédate conmigo, corazón; papá ha sido malísimo, y lo confiesa y está arrepentido; así, déjame que te seque las lágrimas con mis besos. Tu papá pide perdón a Abby y hará todo lo que ella le pida en castigo; ya se han secado todas las lágrimas con mis besos y no hay ni siquiera un rizo alborotado.

Y así acabó la cosa; un instante después había vuelto a la cara de la niña la luz de sol y una ardiente luminosidad; daba palmaditas en las mejillas de su padre, y puso la penitencia:

—¡Una historia, una historia!

—¿Qué es eso?

El padre y la madre contuvieron el aliento y escucharon. ¡Pasos! Débiles al principio y captados entre ráfagas de viento. Se fueron acercando, acercando; se oían con más fuerza, con más fuerza; luego cruzaron por delante de la casa y se perdieron a lo lejos. El padre y la madre respiraron profundamente con una sensación de alivio, y papá dijo:

—¿Quieres una historia? ¿Ha de ser alegre?

—No, papá; la quiero terrible.

Papá quería desviarse hacia una historia del género alegre, pero la niña se mantuvo firme en sus derechos. Lo acordado era que el padre haría cuanto ella le mandase. El padre era un buen soldado puritano, y puesto que había empeñado su palabra, vio que no tenía más remedio que hacerla buena. Ella dijo:

–Papá, no está bien que las historias sean siempre alegres. Mi niñera dice que las personas no pasan siempre por momentos felices. ¿Es eso cierto, papá? Ella lo dice.

La mamá suspiró y sus pensamientos se desviaron otra vez hacia sus apuros. El papá dijo, cariñoso:

–Es cierto, corazón. Tienen que llegarnos momentos difíciles. Es una lástima, pero es cierto.

–Pues entonces cuéntame una historia de esos momentos difíciles, papá; una historia de miedo, que me haga tiritar y que me dé impresión de que se trata de nosotros mismos. Mamá, arrímate aquí; agárrame una de mis manos para que si la historia es demasiado terrible nos resulte más fácil sobrellevarla estando todos muy juntitos. Puedes empezar ya, papá.

–Hubo en un tiempo tres coroneles...

– ¡Eso está muy bien! Yo conozco con facilidad a los coroneles. Tú lo eres, y yo conozco el uniforme. Adelante, papá.

–Durante una batalla se hicieron reos de una falta contra la disciplina.

Esta frase altisonante sonó muy bien en la oreja de la niña, levantó la vista llena de admiración e interés y preguntó:

– ¿Es algo bueno para comer, papá?

Los padres casi dejaron ver una sonrisa, y el padre contestó:

—No; no es nada de comer, sino otra cosa muy distinta, corazón. Se excedieron en el cumplimiento de las órdenes que tenían.

—¿Es eso algo...?

—No; eso es tan poco comestible como lo otro. Se les ordenó, durante una batalla que se estaba perdiendo, que simulasen un ataque a una posición fuerte, con objeto de atraer hacia allí al enemigo, dando así una oportunidad de retirarse a las fuerzas de la Comunidad; pero, llevados de su entusiasmo, fueron más allá de sus órdenes, porque, convirtieron la simulación en realidad, se apoderaron por asalto de la posición y ganaron el día y la batalla. El lord general se irritó muchísimo ante su desobediencia, los llenó de elogios y los mandó a Londres para que fuesen juzgados como reos de muerte.

—¿Se trata el gran coronel Cromwell, papá?

—Si.

—¡Yo lo conozco de vista, papá!

Cuando cruza por delante de nuestra casa, con los soldados, tan magnífico en su corpulento caballo, tiene un aspecto tan..., tan... bueno; yo no sé cómo decirlo, pero sí que produce la impresión de que no está contento, y se advierte que inspira miedo a la gente; pero yo no le tengo miedo, porque a mí no me miró de ese modo.

—¡Oh, qué encantadora charlatana! Pues bien: los coroneles vinieron presos a Londres, se los dejó en libertad bajo palabra de honor y se les permitió ir a ver a sus familias por última...

¡Atención!

Escucharon. Otra vez los pasos; pero también ahora siguieron adelante. La mamá apoyó su cabeza en el hombro de su marido para ocultar su palidez.

—Llegaron esta mañana.

La niña abrió de par en par los ojos.

—¡Pero papá! ¿Entonces es una historia verdadera, no es así?

—Sí, cariño.

—¡Oh, qué magnífico! ¡Así resulta muchísimo mejor! Adelante, papá. Pero mamá, querida mamá, ¿estás llorando?

—No te preocupes de mí, querida; yo estaba pensando en las..., en las pobres familias.

—Pero no llores, mamá porque al final siempre se arregla todo, ya lo verás; así ocurre en todas las historias. Adelante, papá, a ver si llegas pronto hasta lo de *y vivieron felices*; entonces dejará de llorar mamá. Ya lo verás, mamaíta. Sigue adelante, papá.

—Antes de dejarles ir a sus casas, los condujeron primero a la Torre.

—¡Yo conozco la Torre! Desde aquí mismo se puede ver. Adelante, papá.

—Voy siguiendo adelante lo mejor que puedo, dadas las circunstancias. Dentro de la Torre el Tribunal militar los juzgó durante una hora, los declaró culpables y los condenó a ser fusilados.

—¿A que los maten, papá?

—Sí.

—¡Qué malísimos! Mamá querida, otra vez estás llorando. No llores, que pronto llegará el momento bueno, ya lo verás. Date prisa, papá, en obsequio de mamá; no cuentas bastante de prisa.

—De sobra lo sé, pero quizá sea porque me detengo mucho a pensar.

—No debes hacerlo, papá, sino ir adelante derecho.

—Muy bien entonces los tres coroneles...

—¿Tú los conoces, papá?

—Sí querida.

—¡Yo también quisiera conocerlos!

Me encantan los coroneles. ¿Crees que ellos permitirían que los besase?

La voz del coronel era un poco insegura cuando contestó:

—¡Uno de ellos, por lo menos, sí, corazón! ¡Ea, bésame a mí por él!

—Ya está, papá, y estos dos besos son para los demás. Yo creo que también me dejarían que los besase, papá, porque les diría: "Mi papá es también coronel y muy valiente, y en vuestro caso él habría hecho lo mismo; de modo, pues, que no es una mala acción, digan lo que digan esas otras personas, y no debéis sentiros avergonzados en modo alguno." Entonces me lo permitirían, ¿verdad, papá?

—¡Bien sabe Dios que sí, hija!

—¡Mamá, oh mamá, no llores! Pronto llegará a la parte feliz; sigue adelante papá.

—Entonces hubo algunas gentes que lo sintieron; lo sintieron todos; quiero decir los que componían la corte marcial, y fueron a ver al lord general, le dijeron que ellos habían cumplido con su deber (porque ten en cuenta que aquello era un deber suyo), pero que ahora le pedían que se indultase a dos de los coroneles y sólo se fusilase al otro. Creían que con uno había suficiente para que sirviese de escarmiento al ejército. Pero el lord general se mostró muy rígido y los sermoneó diciéndoles que ellos, después de haber cumplido con su deber y haber tranquilizado sus conciencias, querían llevarlo a que él hiciese menos que ellos y manchase su honor de soldado. Pero le contestaron que no le pedían nada que no estuviesen ellos dispuestos a hacer si ocupasen su alto cargo y tuviesen en sus manos la noble prerrogativa del perdón. Esto le hizo efecto, se calló y permaneció un rato pensando, y mientras pensaba se borró de su cara algo de su severidad. Luego les suplicó que esperasen y se retiró a su habitación particular para buscar en la plegaria el consejo de Dios, y cuando regresó dijo: "Que echen a suertes. Que se decida de ese modo, y que queden dos con vida."

—¿Lo hicieron así, papá, lo hicieron así? ¿Y cuál de ellos ha de morir? ¡Ah, pobrecito!

—No. Se negaron.

—¿No quisieron echar a suertes, papá?

—No.

—¿Por qué?

—Dijeron que el que sacase la habichuela fatal se sentenciaría con ello a muerte por su propia voluntad, y que eso era un suicidio, lo llamasen como lo llamasen. Dijeron que ellos eran cristianos y que la Biblia les prohibía quitarse la vida.

Esa fue la contestación que enviaron, diciendo que ellos estaban listos, y que se cumpliera la sentencia del Tribunal.

—¿Qué quiere decir eso, papá?

—Que todos ellos serán fusilados.

¡Atención!

¿El viento? No. *Tram, tram, tram. Tras, tras, tras, tras, tras; rataplás.*

—¡Abrid, de orden del lord general!

—¡Oh papá, qué hermoso! ¡Son los soldados! ¡Cómo me gustan a mí los soldados! ¡Dejadme que yo les abra la puerta, papá, dejadme a mí! —saltó al suelo y corrió hacia la puerta, la abrió de un tirón y exclamó jubilosa—: ¡Entrad, entrad! ¡Aquí los tienes, papá! ¡Los granaderos! ¡Yo conozco a los granaderos!

Entraron en fila y se irguieron en una línea, armas al hombro; su oficial saludó y el coronel condenado a muerte permaneció erguido y le devolvió su cortesía; su esposa estaba a su lado, blanca y demostrando en sus rasgos un dolor interior, aunque sin dar otra señal de su angustia, porque la niña miraba aquel espectáculo con ojos que le bailaban de alegría.

Un abrazo largo del padre, la madre y la niña; luego la orden: "¡A la Torre, marchen!" Y después el coronel siguió con paso y porte militar, seguido de la fila de soldados; entonces se cerró la puerta.

—¡Pero, mamá! ¿No es verdad que el final ha sido magnífico? Ya te lo dije, y ahora marchan a la Torre y papá verá a los coroneles. El...

—¡Ven a mis brazos, pobrecita inocente!

II

A la mañana siguiente la dolorida madre no pudo abandonar el lecho; médicos y enfermeras la cuidaban, y de cuando en cuando cambiaban cuchicheos entre ellos; no podía permitirse que Abby entrase en la habitación; le dijeron que corriese y jugase, que mamá estaba muy enferma. La niña, envuelta en ropas de invierno, salió a la calle y jugó durante un rato; luego le pareció muy extraño, y también muy injusto, el que dejasen a su padre en la Torre ignorante de todo en un momento como aquél. Era preciso remediarlo; lo haría ella misma en persona.

Una hora después, los miembros del Tribunal marcial fueron introducidos a presencia del lord general. Este los recibió, severo y erguido, con los nudillos apoyados en la mesa, y les indicó que estaba preparado a escucharlos. El que hacía de portavoz dijo:

—Les hemos instado a que meditasen de nuevo; se lo hemos suplicado; pero insisten. No están dispuestos a echar suertes. Morirán antes que manchar su religión.

El rostro del Protector se ensombreció, pero no dijo nada. Permaneció un rato sumido en sus pensamientos y dijo después:

—No morirán todos; se echarán las suertes, aunque no las saquen ellos mismos. Traedlos a ese cuarto de ahí al lado. Colocadlos en fila, vueltos de cara a la pared y con las muñecas a la espalda. Y avisadme cuando estén preparados—cuando se vio a solas se sentó, y luego dio esta orden a su ayudante—: Id y traedme al primer niño o niña que cruce por delante de la casa.

Apenas salido por la puerta, el ayudante regresó otra vez, llevando de la mano a Abby, que traía las ropas espolvoreadas de nieve. Esta marchó en línea recta hacia el cabeza del Estado, hacia el formidable personaje ante cuyo solo nombre temblaban los principados y los poderes de la tierra; se subió a su regazo y le dijo:

—Yo os conozco, señor; sois el lord general; yo os he visto; sí, os he visto cruzar por delante de mi casa. Todos se asustaban de vos; pero yo no, porque no me mirasteis con cara huraña. Os acordáis, ¿verdad que sí? Yo llevaba puesto mi delantal rojo, el de los adornos azules en la pechera. ¿Recordáis ese detalle?

Una sonrisa suavizó las líneas severas del rostro del Protector y empezó a forcejear diplomáticamente para contestarle:

—Verás; déjame que piense...

—Yo estaba en pie muy junto a la casa, a mi casa, ¿sabéis?

—Pues te diré, encanto, la cosa es como para que me sienta avergonzado; pero...

La niña interrumpió, en tono de censura:

—Ya veo que no os acordáis. Pues yo no os he olvidado.

—De verdad que estoy avergonzado; pero nunca más me olvidaré de ti, cariño; te doy mi palabra. Y ahora espero que me perdonarás, ¿verdad?, y que serás una buena amiguita mía por siempre jamás.

—Lo seré; aunque, la verdad, no sé como llegasteis a olvidarlo; pero yo también lo soy a veces. No me cuesta nada perdonaros, porque creo que tenéis la intención de ser bueno y de obrar rectamente, y que sois tan bondadoso...; pero ponedme más juntito de vos, como hace papá, que tengo frío.

—Te pondré tan arrimadita, a mí como gustes, nueva amiguita mía, que has de ser desde ahora una vieja amiga, ¿no es cierto? Me haces recordar a mi niña pequeña (que ya no es pequeña); pero que era cariñosa, dulce y una monería como tú. Y tenía todo tu encanto, pequeña hechicera; esa arrolladora confianza tuya, lo mismo en el amigo que en el desconocido, que reduce a la condición de esclavo voluntario a cualquiera sobre quien recaigan sus inapreciables cumplidos. Ella solía recostarse en mis brazos lo mismo que tú ahora; éramos como dos camaradas, como dos iguales compañeros de juegos. Ha pasado un siglo desde que aquél cielito querido se marchitó y desapareció, y tú lo has traído de nuevo; recibe por ello la bendición de un hombre lleno de cargas, tú, mujercita, que llevas sobre ti todo el peso de Inglaterra mientras yo descanso.

—¿La amabais mucho, mucho, mucho?

—Puedes juzgarlo por esto: ella mandaba, y yo la obedecía.

—Creo que sois un encanto; ¿queréis darme un beso?

—Con mucho gusto, y lo tendré por un privilegio, además. Ahí tienes: éste es para ti, y este otro para ella. Tú me lo pediste; pero me lo hubieras podido mandar, porque la representas a ella, y lo que tú mandes, yo obedezco.

La niña palmoteó llena de delicia al pensar en aquel ascenso, y de pronto su oído captó el ruido que se acercaba, y que era de pasos rítmicos de hombres.

—¡Soldados! ¡Soldados, lord general! ¡Abby quiere verlos!

—Ya los verás, querida; pero espera un momento, que tengo que hacerte un encargo.

Entró un oficial y se inclinó profundamente, diciendo:

—Su Señoría, ya han llegado —volvió a inclinarse y se retiró.

El cabeza de la nación dio a Abby tres pequeños discos de lacre; dos blancos y uno de un rojo vivo, porque la misión de éste consistía en dar la sentencia de muerte al coronel que lo recibiese.

—¡Qué disco rojo más bonito! ¿Son los tres para mí?

—No, querida; son para otras personas. Alza el ángulo de aquella cortina que oculta una puerta abierta, sales por ella y verás tres hombres que estarán colocados en línea, dándote la espalda y con las manos detrás de la cintura, así, cada mano abierta, lo mismo que un tazón. Tú dejarás en cada una de esas manos una de estas cositas y después volverás a verme.

Abby desapareció detrás de la cortina y el Protector quedó a solas. Y se dijo para sí, con reverencia: "Con seguridad que ese buen pensamiento vino a mí, en medio de mi perplejidad, procedente de Aquel que es una ayuda siempre presente para quienes están sumidos en la incertidumbre y buscan su ayuda. El sabe sobre quién debe caer la elección y ha enviado a esta mensajera sin pecado, a fin de que se cumpla su voluntad. Cualquiera podría equivocarse, pero El no se equivoca. Sus caminos son maravillosos y sabios; ¡bendito sea su santo Nombre!"

Aquella hada pequeña dejó caer la cortina a espaldas suyas y permaneció un momento estudiando con viva curiosidad la disposición de la cámara de la sentencia y las figuras rígidas de los soldados y de los presos; de pronto se iluminó de alegría, y se dijo a sí misma: "¡Pero si es papá uno de ellos! Lo conozco por la espalda. ¡Le daré el disco más bonito!" Se adelantó alegremente y dejó caer los discos dentro de las manos abiertas, luego metió la cabeza por debajo del brazo de su padre, levantó hacia él su cara sonriente y exclamó:

—¡Papá, papá! Mira lo que tienes en la mano. Soy yo quien te lo ha dado.

El padre miró el regalo fatal y luego se dejó caer de rodillas y estrechó contra su pecho a su inocente verdugo en medio de una agonía de amor y compasión. Soldados, oficiales y presos, ya libres se quedaron por un momento paralizados ante la magnitud de la tragedia; luego sintieron sus corazones deshechos por tan dolorosa escena, se les cuajaron los ojos de lágrimas y lloraron sin sentir por ello vergüenza. Reinó durante algunos minutos un silencio profundo y reverente, hasta que un oficial de la guardia avanzó reacio y dio un golpecito al preso en el hombro, diciéndole con mucha gentileza:

—Me resulta doloroso, señor; pero mi deber me manda.

—¿Qué es lo que le manda?—dijo la niña.

—Tengo que llevármelo de aquí. Lo siento.

—¿Que se lo va usted a llevar de aquí? ¿Adónde?

—A..., a..., ¡Dios me valga!, a otra parte de la fortaleza.

—No podéis hacer semejante cosa. Mi mamá está enferma, y yo me lo voy a llevar a mi casa—se soltó del abrazo de su padre y se encaramó sobre su espalda, rodeándole el cuello con los brazos—. Y ahora, papá, Abby está preparada ya, conque, andando.

—Pobrecita hija mía, no puedo hacerlo. Tengo que ir con ellos.

La niña saltó al suelo y miró a su alrededor, toda perpleja. Luego corrió a encararse con el oficial, y dando una patadita indignada en el suelo, exclamó:

—Ya le he dicho a usted que mi mamá está enferma, y bien pudiera haber hecho caso. ¡Déjelo marchar; debe usted dejarlo marchar!

—¡Pobrecita niña, ojalá Dios que pudiera hacer eso, pero no tengo más remedio que llevármelo! ¡Atención, en guardia! ¡Alinearse! ¡Armas al hombro!

Abby desapareció lo mismo que un fogonazo. Un instante después estaba de vuelta, arrastrando de la mano al lord Protector. Ante aparición tan formidable, todos los presentes se pusieron en posición de firmes, los oficiales saludando y los soldados presentando armas.

—¡Detenedlos, señor! Mi mamá está enferma y quiere ver a papá; yo se lo dije a ellos, pero no me han hecho caso, y se lo llevan.

El lord general se quedó como aturdido.

—¿Tu papá, niña? ¿Es él tu papá?

—¡Naturalmente que sí! ¡Lo fue siempre! ¿Iba a darle yo ese disco tan lindo a otro de los tres queriéndolo tanto como lo quiero?

En el rostro del Protector apareció una expresión horrorizada, y dijo:

—¡Válgame Dios! Por las acechanzas de Satanás he cometido la acción más cruel que jamás cometió hombre alguno, y no tiene remedio, ya no tiene remedio. ¿Qué puedo hacer yo?

Abby entonces gritó, angustiada e impaciente:

—Podéis hacer que lo dejen libre. Y rompió a sollozar.

—¡Decídles que lo dejen libre! Vos me dijisteis que mandase, y la primera vez que os digo que hagáis una cosa no la hacéis.

Una luz suave alboreó en el viejo rostro arrugado, y el lord general apoyó su mano sobre la cabeza de aquella tiranuela, diciendo:

—Gracias sean dadas a Dios por el incidente salvador de aquella promesa hecha impensadamente, y a ti, inspirada por El, por habérmela recordado, oh niña incomparable. ¡Oficial, obedezca el mandato que ella le da! Ella habla por mi boca. El preso queda perdonado. ¡Ponedlo en libertad!

LA NODRIZA

ECA DE QUEIROZ

Erase una vez un rey, joven y valiente, señor de un reino abundante en ciudades y campos de labor que partió a pelear a tierras lejanas, dejando sola y triste a su reina y a un hijito, que vivía aún en su cuna, envuelto en pañales.

La luna llena que le vio marchar, llevado por su sueño de conquista y de fama, empezaba a menguar cuando uno de sus caballeros apareció, con las armas rotas, ennegrecido de la sangre seca y del polvo de los caminos, trayendo la amarga nueva de una batalla perdida y de la muerte del rey, atravesado por siete lanzas, entre la flor de su nobleza, a orillas de un gran río.

La reina lloró magníficamente al rey. Lloró también desconsoladamente al esposo, que era apuesto y alegre. Pero, sobre todo, lloró ansiosamente al padre, que así dejaba al hijito desamparado, en medio de tantos enemigos de su frágil vida y de aquel reino que sería el suyo, sin un brazo que le defendiese, fuerte por la fuerza y fuerte por el amor.

De aquellos enemigos el más terrible era su tío, hermano bastardo del rey, hombre depravado y feroz, consumido de codicias groseras, ansiando sólo la realeza a causa de sus tesoros, y que hacía años que vivía en un castillo sobre la cumbre de los montes, con una horda de rebeldes, a la manera de un lobo que, acechando en su trampa, espera la presa. ¡Ay! ¡La presa era ahora aquella criatura, rey lactante, señor de tantas provincias y que dormía en su cuna con su propio sonajero de oro apretado en la mano!

A su lado, otro niño dormía en otra cuna. Pero éste era un esclavito, hijo de la bella y robusta esclava que amamantaba al príncipe. Ambos habían nacido en la misma noche de verano. El mismo seno los criaba. Cuando la reina, antes de dormirse, venía a besar al principito, que tenía el cabello rubio y fino, besaba también, por amor hacia él, al esclavito, que tenía el pelo negro y crespo. Los ojos de ambos relucían como piedras preciosas. Sólo que la cuna del uno era magnífica y de marfil, entre brocados, y la cuna del otro, pobre y de mimbre. La leal esclava, sin embargo, rodeaba a los dos de igual cariño, porque si el uno era su hijo, el otro sería su rey.

Nacida en aquel palacio real, sentía ella la pasión, la religión de sus señores. No corrió ningún llanto más sentidamente que el suyo por el rey muerto a la orilla del gran río. Pertenecía, no obstante, a una raza que cree que la vida terrenal continúa en el cielo. El rey, su amo, seguramente estaría ya ahora reinando en otro reino, más allá de las nubes, abundante también en campos de labor y ciudades. Su caballo, sus armas, sus pajes habrían ascendido con él a las alturas. Sus vasallos que fueran muriendo irían prontamente a aquel reino celeste y volverían a rendirle vasallaje. Y ella, un día, remontaría a su vez en un rayo de luz a habitar en el palacio de su señor, a hilar de nuevo el hilo de sus túnicas y encender de nuevo la cazoleta de sus perfumes; sucedería en el cielo como en la tierra, y ella sería feliz en su servidumbre.

¡Aunque también ella temblaba por su principito! ¡Cuántas veces, teniéndole colgado al pecho, pensaba en su fragilidad, en su larga infancia, en los años que transcurrirían antes que él fuese al menos del tamaño de una espada, y en aquel tío cruel, de rostro más sombrío que la noche y corazón más oscuro que el semblante, hambriento del trono y acechando desde la cima de su peña, entre los alfanjes de su horda! ¡Pobre principito de su alma! Con una ternura mayor le apretaba entonces entre los brazos. Pero si su hijo gemía al lado, hacia él iban sus brazos con un ardor más feliz. Este, en su indigencia, nada tenía que temer de la vida. Desgracias, embates de la mala suerte, nunca le podrían dejar más desnudo de gloria y bienes mundanales de lo que estaba ya, allí, en su cuna, bajo el pedazo de lino blanco que resguardaba su desnudez. La existencia, en verdad, era para él más preciosa y digna de ser conservada que la de su príncipe, porque ninguno de los duros cuidados con que aquélla ennegrece el alma de los señores rozaría siquiera su alma sencilla y libre de esclavo. Y como si le amase más por aquella humildad dichosa, cubría su rollizo cuerpecillo de besos pesados y devoradores, aquellos besos que ella hacía ligeros sobre las manos del príncipe.

Entre tanto, un gran temor llenaba el palacio, donde ahora reinaba una mujer entre mujeres. El bastardo, el hombre de rapiña, que vagaba por la cima de las sierras, había bajado al llano con su horda, y ya iba dejando entre los caseríos y aldeas un rastro de matanza y de ruinas. Las puertas de la ciudad habían sido aseguradas con cadenas más fuertes. En las atalayas ardían fuegos más altos. Pero a la defensa le faltaba disciplina viril. Una rueca no gobierna como una espada. Toda la nobleza fiel había perecido en la gran batalla. Y la desventurada reina sólo sabía correr a cada instante a la cuna de su hijito y llorar sobre él su debilidad de viuda. Sólo la nodriza leal parecía segura, como si los brazos con que estrechaba a su príncipe fuesen murallas de una ciudadela que ninguna audacia puede trasponer.

Ahora bien: una noche de silencio y oscuridad, cuando iba ella a dormirse, ya vestida, en su catre, entre sus dos niños, adivinó más que oyó un breve rumor de hierro y de pelea lejos, a la entrada de los jardines reales. Envuelta de prisa en un manto, echándose los cabellos hacia atrás, escuchó ansiosamente. Por la tierra arenosa, entre los jazmines, corrían pasos pesados y rudos. Después hubo un gemido y un cuerpo cayó blandamente sobre las losas, como un fardo. Apartó violentamente la cortina. Y allá, al fondo de la galería, divisó unos hombres, un resplandor de linternas, un rebrillar de armas... En un relámpago lo comprendió todo: ¡el palacio sorprendido; el cruel bastardo viniendo a robar, a matar a su príncipe! Entonces, rápidamente, sin una vacilación ni una duda, sacó al príncipe de su cuna de marfil, lo dejó en la humilde cuna de mimbre y, quitando a su hijo de la cuna servil, entre besos desesperados, lo acostó en la cuna real, que cubrió con un brocado.

Bruscamente, un hombre enorme, de cara encendida, con una capa negra sobre la cota de malla, surgió en la puerta de la estancia, entre otros que levantaban linternas. Miró, corrió a la cuna de marfil donde los brocados resplandecían, arrebató el niño como si cogiese una bolsa de oro y, ahogando sus gritos en la capa, salió furiosamente.

El príncipe dormía en su nueva cuna. El ama quedóse inmóvil en el silencio y la oscuridad.

Pero unos gritos de alarma atronaron de repente el palacio. Por las ventanas pasó el largo llamear de las antorchas. Los patios resonaban con el choque de las armas. ¡Y desgreñada, casi desnuda, la reina invadió la estancia, entre las ayas, clamando por su hijo! Al ver la cuna de marfil, con las ropas revueltas, vacía, se desplomó sobre las losas, deshecha en llanto. Entonces, calladamente, muy pálida, el ama descubrió la humilde cuna de mimbre... Allí estaba el príncipe tranquilo, dormido en un sueño que le hacía sonreír e iluminaba su cara entre los cabellos de oro. La madre cayó sobre la cuna, con un suspiro, como cae un cuerpo muerto.

Y en aquel instante un nuevo clamor corrió por la galería de mármol. Era el capitán de la guardia y su gente fiel. En sus clamores había, sin embargo, más tristeza que triunfo. ¡El bastardo había muerto! Cogido, al huir, entre el palacio y la ciudad, aplastado por la poderosa legión de arqueros, sucumbió y con él veinte de su horda. Su cuerpo quedó allí, con flechas en el costado, en un charco de sangre. Pero, ¡ay! ¡Dolor sin nombre! El tierno cuerpecito del príncipe también quedó allí envuelto en una capa fría, ¡amoratado aún de las manos feroces que le habían estrangulado! Así, tumultuosamente, lanzaban la noticia cruel los hombres de armas, cuando la reina, deslumbrada, con lágrimas entre risas, alzó en sus brazos, para enseñarlo, al príncipe, que había despertado.

Fue un asombro, una aclamación. ¿Quién le había salvado? ¿Quién?... ¡Allí estaba, junto a la cuna de marfil vacía, muda y yerta, aquella que le había salvado! Ella fue la que, para conservar la vida a su príncipe, mandó a la muerte a su hijo... Entonces, sólo entonces, la madre dichosa, saliendo de su alegría extática, abrazó apasionadamente a la madre dolorida y la besó, llamándola hermana de su corazón... Y de entre aquella multitud que se apretaba en la galería se elevó una nueva y ardiente aclamación, con súplicas de que fuese recompensada magníficamente la sierva admirable que había salvado al rey y al reino.

Pero ¿cómo? ¿Qué bolsas de oro pueden pagar un hijo? Entonces un anciano de noble alcurnia propuso que fuese llevada al tesoro real y escogiese entre aquellas riquezas, que eran como las mayores de los mayores tesoros de la India, todas la que su deseo apeteciera.

La reina cogió a la sierva de la mano. Y sin que su cara de mármol perdiese su rigidez, con un paso de muerta, como en un sueño, fue ella así conducida hacia la cámara de los tesoros. Caballeros, ayas, hombres de armas, las seguían, con un respeto tan conmovido que sólo se oía el roce de las sandalias en las losas. Las gruesas puertas del tesoro real giraron lentamente. Y cuando un siervo abrió las ventanas, la luz del alba, ya clara y rosada, entrando por las verjas de hierro, ¡encendió un maravilloso y centelleante incendio de oro y pedrerías! Desde el suelo de roca hasta las sombrías bóvedas, por toda la cámara relucían, centelleaban, refulgían los escudos de oro, las armas taraceadas, los montones de diamantes, las pilas de monedas, las sartas de perlas, todas las riquezas de aquel reino, acumuladas por cien reyes durante veinte siglos. Un largo ¡ah!, lento y maravillado, pasó sobre la turba, que había enmudecido. Luego hubo un silencio ansioso. Y en medio de la cámara, envuelta en la preciosa refulgencia, la nodriza no se movía... Sólo sus ojos, brillantes y secos, se habían alzado hacia aquel cielo que, al otro lado de las rejas, se teñía de rosa y de oro. Era allí, en aquel cielo fresco del amanecer, donde estaba ahora su niño. ¡Estaba allí, y ya el sol se levantaba, y era tarde, y su niño lloraría seguramente, buscando el pecho!... Y entonces la nodriza sonrió y tendió la mano. Todos seguían, sin respirar, aquel lento ademán de su mano abierta. ¿Qué joya maravillosa, qué hilo de diamantes, qué puñado de rubíes iba ella a escoger?

El ama tendía la mano, y sobre un escabel, a su lado, entre un montón de armas, asió un puñal. Era un puñal de un viejo rey, todo incrustado en esmeraldas y que valía una provincia.

Agarró el puñal y, apretándolo fuertemente en la mano, señalando hacia el cielo, donde subían los primeros rayos del sol, miró a la multitud y gritó:

—¡Salvé a mi príncipe y ahora voy a dar de mamar a mi hijo!

Y se clavó el puñal en el corazón.

EL PAPA DE SIMON

GUY DE MAUPASSANT

La campana de las doce había sonado. La puerta del colegio se abrió, y los muchachos se precipitaron hacia la salida, atropellándose para ver quién llegaba antes. Pero, en lugar de dispersarse rápidamente y marcharse a sus casas a comer, como solían hacer, se detuvieron a poca distancia, se reunieron formando grupos y se pusieron a cuchichear.

Sucedía que aquella mañana había acudido al colegio, por primera vez, Simón, el hijo de la Blanchotte.

En sus casas, todos habían oído hablar de la Blanchotte; pero se habían dado cuenta de que sus madres, aunque en público la trataban con cortesía, luego manifestaban al hablar de ella una compasión un tanto despectiva que los niños habían captado sin saber la razón.

A Simón, en realidad, no le conocían, porque nunca salía a corretear con ellos por las calles del pueblo o las orillas del río. Por eso no le querían; y le habían acogido en el colegio con una solapada alegría mezclada con un considerable asombro. Y de boca en boca se habían ido repitiendo una frase dicha por un grandullón de catorce o quince años que se las daba de saberlo todo y afirmaba entornando los ojos:

—Pues... veréis... Simón... es que no tiene papá.

El hijo de la Blanchote apareció en la puerta del colegio.

Tenía unos siete u ocho años. Estaba un poco pálido, iba muy limpio y parecía tímido, algo torpe.

Tomó el camino de regreso a casa de su madre, pero los grupos de compañeros, sin parar de cuchichear y con esas miradas aviesas y crueles de los niños cuando traman alguna trastada, le fueron rodeando y acabaron por cercarle. El se quedó allí, en medio de todos, sorprendido y apurado, sin llegar a entender qué le iban a hacer. Y el mocetón que había llevado la noticia, henchido de orgullo por su triunfo, le preguntó:

—Oye, ¿cómo te llamas?

El contestó:

—Simón.

—Simón, ¿qué más...?

El niño repitió, azarado:

—Simón.

El muchacho le gritó:

—Se llama uno Simón y algo más... Simón, ¡eso no es un apellido...!

Y el pequeño, a punto de llorar, le contestó por tercera vez:

—Me llamo Simón.

Los chiquillos rompieron a reír. El mocetón, triunfante, alzó la voz:

—¡Ya veis bien claro que no tiene papá...!

Se hizo un gran silencio. Los niños se habían quedado estupefactos ante ese hecho extraordinario, imposible, monstruoso: un niño que no tiene papá; le contemplaban como si fuera un fenómeno, un ser ajeno a la naturaleza, y sentían cómo crecía en ellos ese desprecio, hasta entonces sin explicación de sus madres hacia la Blanchotte.

Por su lado, Simón se había apoyado en un árbol para no caerse, y estaba como aterrado por un desastre irreparable. Estaba intentando aclarar las cosas. Pero no conseguía descubrir nada para contestarles y para desmentir ese horroroso hecho de que no tenía papá. Por fin, se puso lívido, y les soltó gritando.

—¡Sí, tengo un papá!

—Y ¿dónde está? —le preguntó el mocetón.

Simón se calló; no sabía qué decir. Los niños se reían, muy excitados; y como niños campesinos, acostumbrados a la vecindad de los animales, sentían esa necesidad cruel que impulsa a las gallinas de un corral a rematar a la compañera que está herida. Simón, de repente, divisó a un vecinito, hijo de una viuda, al que siempre había visto, igual que él, solo con su madre.

—Tú —le dijo— tampoco tienes papá.

—Sí —le replicó el otro—, sí lo tengo.

—Y ¿dónde está? —le repuso Simón.

—Está muerto —declaró el niño muy orgulloso—; mi papá está en el cementerio.

Un murmullo de aprobación recorrió los grupos de granujillas, como si el hecho de tener al padre muerto en el cementerio hubiese engrandecido a su compañero para que aplastase a ese otro que no le tenía. Y los bribonzuelos, cuyos padres eran, en su mayoría, perversos, borrachos, ladrones y despiadados con sus mujeres, se apiñaban y cerraban filas cada vez más, como si ellos, los legítimos, quisieran ahogar por presión al que estaba fuera de la ley.

De repente, uno, que se encontraba dando cara a Simón, le sacó la lengua con aire socarrón y le gritó:

—¡No tienes papá, no tienes papá!

Simón le agarró el pelo con ambas manos y se puso a acribillarle las piernas a patadas, a la vez que le mordía cruelmente una mejilla. Se produjo un revuelo enorme. Los dos combatientes fueron separados, y Simón se encontró golpeado, arañado, dolorido y rodando por el suelo, en medio de un círculo de granujillas que aplaudían. Cuando se levantó, según estaba limpiándose maquinalmente con la mano la bata sucia de polvo, alguno le gritó:

—¡Vete a decírselo a tu papá!

Entonces sintió en su interior un gran derrumbe. Eran más fuertes que él, le habían pegado, y no podía contestarles, porque sentía que era verdad que no tenía papá. Por puro orgullo, trató durante unos segundos de dominar las lágrimas que le ahogaban. Le entró un sofoco y luego, sin gritos, se puso a llorar con grandes sollozos que le sacudían con gran fuerza.

Entre sus enemigos estalló entonces una alegría feroz, y de modo natural, igual que los salvajes en sus terribles alborozos, se dieron la mano y se pusieron a bailar alrededor de él, repitiendo a manera de salmodia:

—¡No tiene papá, no tiene papá!

Pero, de pronto, Simón dejó de sollozar. La rabia se apoderó de él. Bajo sus pies había piedras: las agarró y, con todas sus fuerzas, las arrojó contra sus verdugos. Acertó a dar dos o tres, que se alejaron chillando; y había cobrado un aspecto tan imponente, que el pánico cundió entre los demás. Acobardados, como siempre lo está la multitud en presencia de un hombre exasperado, se desbandaron y huyeron.

Al quedarse solo, el niño sin padre se puso a correr hacia los campos, porque le había vuelto un recuerdo que aportó a su ánimo una gran resolución. Quería ahogarse en el río.

Se acordaba, en efecto, de que, ocho días antes, un pobre hombre que andaba pidiendo se había tirado al agua porque no tenía dinero. Simón estaba presente cuando le rescataron; y ese triste personaje, que por lo general le parecía lamentable, sucio y feo, le había chocado entonces por su aspecto tranquilo, con sus mejillas pálidas, su larga barba mojada y sus ojos abiertos, muy sosegados. Alguien había dicho:

—Esta muerto.

Y alguien más había añadido:

—¡Qué feliz es ahora!

Y Simón quería ahogarse también, porque no tenía padre, igual que ese desgraciado no tenía dinero.

Llegó junto al agua y se puso a mirar como corría. Unos peces jugueteaban, rápidos, en la clara corriente y, a veces, daban un saltito y papaban moscas que revoloteaban por la superficie. Dejó de llorar y se puso a mirarlos, porque le interesaron mucho sus idas y venidas, Pero, por momentos, igual que en las treguas de una tormenta se producen fuertes ráfagas de viento que tronchan los árboles y se pierden en el horizonte, a él le volvía su idea con agudo dolor: "Me voy a tirar al agua porque no tengo papá."

Hacía mucho calor y el día estaba muy bonito. El dulce sol calentaba la hierba. El agua brillaba como un espejo. Y Simón sentía instantes de placidez, de esa languidez que viene después de las lágrimas, y le entraban unas ganas tremendas de echarse a dormir ahí, en la hierba, arropado por el calor.

Una ranilla verde saltó hasta sus pies. Trató de atraparla. Se le escapó. La persiguió, y se le escabulló tres veces seguidas. Por fin, la agarró por la punta de sus patas traseras, y rompió a reír al ver los esfuerzos que el bicho hacía para soltarse. Encogía sus patazas y luego, con una brusca sacudida, las estiraba, rectas como dos barras, a la vez que, sacando mucho los ojos con su aro dorado, manoteaba con las patas delanteras. Eso le recordó un juguete fabricado con tres listones clavados unos con otros en zigzag y que, mediante un movimiento semejante, imitaban la acción de unos soldaditos que llevaban sujetos. Entonces se acordó de su casa, luego de su madre y, presa de una honda tristeza, se puso a llorar. Le dieron escalofríos en las extremidades; se puso de rodillas y dijo su oración como cuando iba a acostarse. Pero no pudo acabarla, porque los sollozos se volvieron tan agobiantes, tan tumultuosos, que le invadieron por completo. Ya no pensaba, ya no veía nada a su alrededor, y dio rienda suelta a su llanto.

De repente, una vigorosa mano se posó en su hombro y un vozarrón le preguntó:

—¿Qué pena tan gorda es esa que tienes, chiquillo?

Simón se volvió. Un obrero corpulento, de barba espesa y cabellera negra y rizada, le contemplaba con mirada bondadosa. Y le contestó con los ojos arrasados de lágrimas y un nudo en la garganta:

—Me han pegado... porque... porque... no tengo... papá... no tengo papá.

—Pero ¿cómo? —dijo el hombre, sonriendo—. Todos tenemos uno.

El niño le replicó a duras penas, con palabras entrecortadas por los espasmos de su pesadumbre:

—Pues... yo... no tengo papá.

Entonces el obrero se puso serio: se había dado cuenta de que el niño era el hijo de la Blanchotte y, aunque él llevaba poco tiempo por allí, algo había oído hablar del caso.

—¡Vamos —dijo—, consuélate, mocito, y vente conmigo a casa de tu mamá. Te vamos a dar uno, un papá.

Se pusieron en camino; el mayor había tomado al pequeño por la mano, y le había vuelto la sonrisa a la cara, porque él veía con buenos ojos a esa Blanchotte que, al parecer, era una de las chicas más hermosas de la comarca; y en lo más hondo de su mente pensaba que quien había cometido un pecado de juventud, podía quizá cometer otros.

Llegaron delante de una casita blanca, y muy limpia.

—Aquí es —dijo el niño, y gritó—: ¡Mamá!

En el dintel asomó una mujer, y el obrero dejó bruscamente de sonreír, porque se dio cuenta inmediatamente de que no cabían bromas con esa muchachota pálida que estaba plantada con aire severo en su puerta, como para prohibir a un hombre el acceso a esa casa donde ya había sido traicionada por otro. Intimidado, con la gorra en la mano, el hombre dijo balbuceando:

—Mire, señora, le traigo a su hijo, que se había extraviado junto al río.

Pero Simón saltó al cuello de su madre y le dijo, rompiendo a llorar de nuevo:

—No, mamá, es que he querido tirarme al río, porque los otros me han pegado... me han pegado... porque no tengo papá.

Un ardiente rubor invadió las mejillas de la mujer, y sintiéndose dolorida hasta lo más hondo de sus entrañas, abrazó y besó a su hijo con violencia, a la vez que le brotaban por el rostro abundantes lágrimas. El hombre, emocionado, se quedó parado, sin saber cómo marcharse. Pero, de pronto, Simón corrió hacia él y le dijo:

—¿Quiere usted ser mi papá?

Hubo un largo silencio. La Blanchotte, muda y torturada por la vergüenza, se apoyó en la pared, sujetándose el corazón con las manos. El niño, viendo que nadie le contestaba, replicó:

—Si no quiere usted, volveré a tirarme al río.

El obrero tomó la cosa a broma y contestó, riéndose:

—Sí, hombre, ¡cómo no!

—¿Y cómo te llamas? —preguntó el niño—; es para poder contestarles a los demás, cuando me pregunten tu nombre.

—Felipe —contestó el hombre.

Simón se calló un momento para dejar que ese nombre le entrase bien en la cabeza, y luego le tendió los brazos, consolado, diciéndole:

—Bueno, Felipe, pues... ¡eres mi papá!

El obrero le agarró, le alzó y le besó bruscamente en ambas mejillas, y acto seguido se alejó dando grandes zancadas.

Cuando el niño entró en la escuela, en la mañana del día siguiente, una sonrisa maligna le acogió; y a la salida, cuando el grandulón volvió a la carga, Simón le lanzó a la cara esta frase, como si fuera una piedra:

—¡Mi papá se llama Felipe!

Por todas partes surgieron alaridos:

—Felipe, ¿qué más?

—Felipe... ¿y qué?

—¿Quién es ese Felipe?

—¿De dónde ha salido ese Felipe?

Simón no contestó nada e, inquebrantable en su fe, les desafiaba con la mirada, dispuesto a dejarse martirizar antes que huir. El maestro acudió en su ayuda, y se marchó a casa de su madre.

A lo largo de tres meses, el corpulento obrero Felipe pasó con frecuencia cerca de la casa de la Blanchotte; a veces, se atrevía a hablarle cuando la veía cosiendo al pie de la ventana. Ella le contestaba con cortesía, muy seria, sin reírse nunca y sin dejarle entrar. Un poco infatuado, como todos los hombres, él se imaginó que ella solía ponerse más colorada que de costumbre cuando hablaba con él.

Pero la fama perdida es siempre muy difícil de recobrar, y sigue siendo tan frágil que, a pesar de la recelosa discreción de la Blanchotte, empezaron a murmurar de ella.

Simón, por su parte, estaba muy animado con su nuevo papá, y se daba un paseo con él casi todas las tardes, una vez hechas sus obligaciones. Acudía asiduamente al colegio y se juntaba con sus compañeros con mucha dignidad, sin contestarles nunca.

Pero un día, el grandulón que le había atacado primero, le dijo:

—Mientes, no tienes un papá que se llama Felipe.

—Y ¿por qué? —le preguntó Simón, muy cortado.

El mocetón se restregaba las manos, y le replicó:

—Porque, si lo tuvieras, sería el marido de tu mamá.

Simón se azaró ante la evidencia de ese razonamiento, pero contestó:

—De todos modos es mi papá.

—Puede que sí —dijo el grandullón en tono burlón—; pero no es tu papá del todo.

El chico de la Blanchotte agachó la cabeza y se marchó a dar rienda suelta a su imaginación junto a la fragua del tío Loizón, donde trabajaba Felipe.

Esa fragua estaba casi oculta bajo los árboles. Dentro estaba muy oscuro; sólo el resplandor rojizo de un formidable fogón alumbraba con sus llamaradas a cinco herreros que con los brazos al aire golpeaban en los yunques con terrible estrépito. Estaban de pie, excitados como demonios, con la mirada clavada en el hierro al rojo vivo que estaban torturando; y rudo pensamiento ascendía y volvía a caer a la par que sus martillos.

Simón entró sin que le vieran, y se fue calladamente a tirar de la manga a su amigo. Este se volvió. De repente, el trabajo se interrumpió, y todos los hombres miraron muy atentos. Entonces, en medio de ese desacostumbrado silencio, surgió la vocecilla de Simón.

—Oye, Felipe, el chico de la Michaude me ha dicho antes que no eras mi papá del todo.

—Y ¿por qué? —preguntó el obrero.

El niño contestó, con toda su ingenuidad.

—Porque no eres el marido de mi mamá.

Nadie se rió. Felipe se quedó de pie, descansando la frente sobre el dorso de sus robustas manos que se apoyaban en el mango del martillo plantado en el yunque. Se había quedado pensativo. Sus cuatro compañeros le contemplaban y Simón, tan menudo entre esos gigantes, esperaba ansioso. De pronto, uno de los herreros, haciéndose eco de la opinión de todos, le dijo a Felipe:

—Desde luego, la Blanchotte es una buena chica, y muy animosa, y seria, a pesar de su tropiezo, y sería una mujer digna para un hombre honrado.

—Eso es verdad —dijeron los demás.

El obrero continuó:

—¿Qué culpa tiene ella, si cometió una falta? Le prometieron casarse con ella, y yo conozco a más de una que hoy se hace respetar, y antes le había pasado lo mismo.

—Eso es verdad —dijeron los otros tres a la vez.

El primero siguió:

—¡Cuántas penas ha pasado para sacar ella sola adelante a su hijo y cuánto ha llorado desde que no sale de casa más que para ir a la iglesia!... Sólo Dios lo sabe.

—También eso es verdad —dijeron los demás.

Entonces ya no se percibió más ruido que el del fuelle que activaba el fuego del hogar. Felipe, de pronto, se agachó y le dijo a Simón:

—Dile a tu mamá que iré a hablar con ella esta noche.

Y luego llevó al niño fuera, cogido de los hombros.

Regresó a su trabajo y, de común acuerdo, los cinco martillos volvieron a caer sobre los yunques. Siguieron batiendo el hierro hasta la caída de la noche, fuertes, vigorosos, alegres, como si fueran martillos satisfechos. Pero así como el bordón de una catedral resuena los días de fiesta por encima del tañido de las demás campanas, también el martillo de Felipe, dominando el estrépito de los demás, se abatía segundo tras segundo con un estruendo ensordecedor. Y él, con la mirada encendida, forjaba apasionadamente, en pie entre el chisporroteo.

El cielo estaba cuajado de estrellas cuando acudió a llamar a la puerta de la Blanchotte. Se había puesto la blusa de los domingos, una camisa limpia y se había afeitado. La joven asomó al umbral, y le dijo en tono contrito:

—No está nada bien el venir así de noche, señor Felipe.

El quiso contestar, pero balbuceó algo y se quedó cortado.

Ella siguió diciendo:

—Pero ya entiende usted que es preciso que dejen de hablar mal de mí.

Entonces él soltó rápidamente:

—¿Y qué tal si quisiera usted ser mi mujer?

Ninguna voz le contestó, pero le pareció oír en la penumbra de la habitación el ruido de un cuerpo que se caía. Penetró rápidamente, y Simón, que estaba acostado en su cama, distinguió el sonido de un beso y el murmullo de unas palabras que su madre pronunció muy bajo. Luego, de pronto, sintió que le alzaban las manos de su amigo, quien, sujetándole con sus hercúleos brazos, le espetó:

—¡Les dirás a tus amiguitos que tu papá es Felipe Remy, el herrero, y que si alguno te hace daño se las tendrá que ver conmigo!

Al día siguiente, cuando más llena estaba la escuela, e iba a comenzar la clase, el pequeño Simón se levantó, muy pálido, y con los labios temblorosos, dijo, con voz clara:

—Mi papá es Felipe Remy, el herrero, y me ha asegurado que tirará de las orejas a todos los que me hagan daño.

Y ya no se rió nadie, porque todos conocían a Felipe Remy, el herrero, que era un padre de quien cualquiera hubiera estado orgulloso.

EL AMIGO FIEL

OSCAR WILDE

Una mañana la vieja rata de agua sacó la cabeza por su agujero. Tenía unos ojos redondos muy vivarachos y unos tupidos bigotes grises. Su cola parecía un largo elástico negro.

Unos patitos nadaban en el estanque semejantes a una bandada de canarios amarillos, y su madre, toda blaca con patas rojas, esforzábase en enseñarles a hundir la cabeza en el agua.

—No podréis ir nunca a la buena sociedad si no aprendéis a meter la cabeza— les decía.

Y les enseñaba de nuevo cómo tenían que hacerlo. Pero los patitos no prestaban ninguna atención a sus lecciones. Eran tan jóvenes, que no sabían las ventajas que reportaba la vida de sociedad.

—¡Qué criaturas más desobedientes! —exclamó la rata de agua—. ¡Merecían ahogarse, verdaderamente!

—¡No lo quiera Dios! —replicó la señora pata—. Todo requiere su aprendizaje y nunca es bastante la paciencia de los padres.

—¡Ah! No tengo la menor idea de los sentimientos paternos —dijo la rata de agua—. No soy padre de familia. Jamás me he casado, ni he pensado nunca en hacerlo. Indudablemente, el amor es una buena cosa, a su manera; pero la amistad vale más. Le aseguro que no conozco en el mundo nada más noble o más raro que una fiel amistad.

—Y dígame, se lo ruego: ¿qué idea se forma usted de los deberes de un amigo fiel? — preguntó un pardillo verde que había escuchado la conversación posado sobre un sauce retorcido.

—Sí, eso es precisamente lo que quisiera yo saber— dijo la pata; y nadando hacia el extremo del estanque, hundió la cabeza en el agua para dar buen ejemplo a sus hijos.

—¡Necia pregunta! —gritó la rata de agua—. ¡Como es natural, entiendo por amigo fiel al que me demuestra fidelidad!

—¿Y qué hará usted para corresponder? —dijo la avecilla, columpiándose sobre una ramita plateada y agitando las alitas.

—No le comprendo a usted —respondió la rata de agua.

—Permítame que le cuente una historia sobre este asunto —dijo el pardillo.

—¿Se refiere a mí esa historia? —preguntó la rata de agua—. Si es así, la escucharé gustosa, porque a mí me vuelven loca los cuentos.

—Puede aplicarse a usted —respondió el pardillo.

Y abriéndo las alas, se posó en la orilla del estanque, y contó la historia del Amigo Fiel.

—Había una vez—empezó el pardillo—un honrado mozo llamado Hans.

—¿Era un hombre verdaderamente distinguido?—preguntó la rata de agua.

—No —respondió el pardillo—. No creo que fuese nada distinguido, excepto por su buen corazón y por su redonda cara morena y afable.

Vivía en una pobre casita del campo, y todos los días trabajaba en su jardín.

En toda la comarca no había jardín tan hermoso como el suyo. Crecían en él claveles, alhelíes, capselas, saxifragas, así como rosas de Damasco y rosas amarillas, azafranes lilas y oro; y alhelíes rojos y blancos. Y según los meses, y por su orden, florecían agavanzos y cardaminas, mejoranas y albahacas silvestres, vellloritas e iris de Alemania, asfodelos y claveros.

Una flor sustituía a otra. Por lo cual había allí siempre cosas bonitas a la vista y olores agradables que respirar.

El pequeño Hans tenía muchos amigos, pero el más íntimo era el corpulento Hugo, el molinero.

Realmente, el rico molinero era tan íntimo del pequeño Hans, que no recorría nunca su jardín sin inclinarse sobre los macizos y coger un gran ramo de flores o un buen manojo de lechugas suculentas, o sin llenarse los bolsillos de ciruela o cerezas, según la estación.

—Los amigos verdaderos lo comparten todo entre sí—acostumbraba decir el molinero.

Y el pequeño Hans asentía con la cabeza, sonriente, sintiéndose orgulloso de tener un amigo que pensaba tan noblemente.

Algunas veces, sin embargo, el vecindario encontraba raro que el rico molinero no diese nunca nada en cambio al pequeño Hans, aunque tuviera cien sacos de harina almacenados en su molino, seis vacas lecheras y un gran número de cabezas de ganado lanar; pero Hans no se preocupó jamás por semejante cosa. Nada le encantaba tanto como oír las bellas cosas que el molinero acostumbraba decir sobre la solidaridad de los verdaderos amigos.

Así, pues, el pequeño Hans cultivaba su jardín. En primavera, en verano, y en otoño, sentíase muy feliz; pero cuando llegaba el invierno y no tenía ni frutos, ni flores que llevar al mercado, padecía un gran frío y mucha hambre, y se acostaba con frecuencia sin haber comido más que unas peras secas y algunas nueces rancias.

Además, en invierno, encontrábase muy solo, porque el molinero no iba nunca a verle durante aquella estación.

—No está bien que vaya a ver al pequeño Hans mientras duren las nieves—decía muchas veces el molinero a su mujer—. Cuando las personas pasan apuros hay que dejarlas solas y no atormentarlas con visitas. Esa es, por lo menos, mi opinión sobre la amistad, y estoy seguro de que es acertada. Por eso esperaré la primavera y entonces iré a verle; podrá darme un gran cesto de velloritas, y eso le alegrará.

—Eres realmente solícito con los demás—le respondía su mujer, sentada en un cómodo sillón junto a un buen fuego de leña—. Resulta un verdadero placer oírte hablar de la amistad. Estoy segura de que el señor cura no diría sobre ella tan bellas cosas como tú, aunque viva en una casa de tres pisos y lleve un anillo de oro en el meñique.

—¿Y no podríamos invitar al pequeño Hans a venir aquí? —preguntaba el hijo del molinero—. Si el pobre Hans pasa apuros, le daré la mitad de mi sopa y le enseñaré mis conejos blancos.

—¡Qué bobo eres! —exclamó el molinero—. Verdaderamente no sé para qué sirve mandarte a la escuela. No aprendes nada. Si el pequeño Hans viniese aquí, ¡pardiez!, y viera nuestro buen fuego, nuestra excelente cena y nuestra gran barrica de vino tinto, podría sentir envidia. Y la envidia es una cosa terrible que echa a perder los mejores caracteres. Realmente, no podría yo sufrir que el carácter de Hans se echara a perder. Soy su mejor amigo, velaré siempre por él, y tendré buen cuidado de no exponerle a ninguna tentación. Además, si Hans viniese aquí, podría pedirme que le diese un poco de harina fiada, lo cual me es imposible. La harina es una cosa y la amistad otra, y no deben confundirse. Esas dos palabras se escriben de modo diferente y significan cosas muy distintas, como todo el mundo sabe.

—¡Qué bien hablas! —dijo la mujer del molinero sirviéndole un gran vaso de cerveza caliente—. Me siento verdaderamente como adormecida, lo mismo que en la iglesia.

—Muchos obran bien—replicó el molinero; pero pocos saben hablar bien, lo cual prueba que hablar es, con mucho, la cosa más difícil, así como la más hermosa de las dos.

Y miró severamente por encima de la mesa a su hijo, que sintió tal vergüenza de sí mismo, que bajó la cabeza, se puso casi rojo y empezó a llorar encima de su té.

¡Era tan joven, que bien puede disculpársele!

—¿Ese es el final de la historia? —preguntó la rata de agua.

—Nada de eso—contestó el pardillo. Este es el comienzo.

—Entonces está usted muy atrasado con relación a su tiempo—repuso la rata de agua—. Hoy día todo buen cuentista empieza por el final, prosigue por el comienzo y termina por la mitad.

Es el nuevo estilo. Así lo he oído de labios de un crítico que paseaba alrededor del estanque con un joven. Trataba el asunto magistralmente, y estoy segura de que tenía razón, porque llevaba una gafas azules y era calvo; y cuando el joven le hacía alguna observación, contestaba siempre: "¡Pchs!" Pero continúe usted su historia, se lo ruego. Me agrada mucho el molinero. Yo también llevo en mí toda clase de bellos sentimientos; por eso existe una gran simpatía entre él y yo.

—¡Bien!—dijo el pardillo, brincando sobre sus patitas—. En cuanto pasó el invierno y las velloritas empezaron a abrir sus estrellas amarillas pálidas, el molinero dijo a su mujer que iba a salir a visitar al pequeño Hans.

—¡Ah, qué buen corazón tienes! —le gritó su mujer—. Piensas siempre en los demás. No te olvides de llevar el cesto grande para traer las flores.

Entonces el molinero ató unas a otras las aspas del molino con una fuerte cadena de hierro y bajó la colina con la cesta al brazo.

—Buenos días, pequeño Hans—dijo el molinero.

—Buenos días—contestó Hans, apoyándose en su asadón y sonriendo con toda su boca.

—¿Cómo has pasado el invierno? —preguntó el molinero.

—¡Bien, bien!—repuso Hans—.

Muchas gracias por tu interés. He pasado mis malos ratos; pero ahora ha vuelto la primavera y me siento casi feliz... Además, mis flores van muy bien.

—Hemos hablado con mucha frecuencia de ti este invierno, Hans —prosiguió el molinero—, preguntándonos qué sería de ti.

—¡Qué amable eres!—le dijo Hans—. Temí que me hubieras olvidado.

—Hans, me sorprende oírte hablar de ese modo—dijo el molinero—. La amistad no olvida nunca. Eso tiene de admirable, aunque me temo que no comprendas la poesía de la amistad... Y entre paréntesis, ¡qué bellas están tus velloritas!

—Sí, verdaderamente están muy bellas—dijo Hans—, y es para mí una gran suerte tener tantas. Voy a llevarlas al mercado, donde las venderé a la hija del burgomaestre y con ese dinero compraré otra vez mi carretilla.

—¿Que comprarás otra vez tu carretilla? ¿Quieres decir entonces que la has vendido? ¡Es un acto bien necio!

—Con toda seguridad; pero el hecho es—replicó Hans— que me vi obligado a ello. Como sabes, el invierno es una estación mala para mí, y no tenía dinero alguno para comprar pan. Así es que vendí primero los botones de plata de mi traje de los domingos; luego vendí mi cadena de plata, y después, mi flauta. Por último, vendí mi carretilla. Pero ahora voy a rescatarlo todo.

—Hans —dijo el molinero—, te daré mi carretilla. No está en muy buen estado. Uno de los lados se ha roto y están torcidos los radios de la rueda; pero, a pesar de esto, te la daré. Sé que es una gran generosidad en mí, y a mucha gente le parecerá una locura que me desprenda de ella; pero yo no soy como el resto del mundo. Creo que la generosidad es la esencia de la amistad, y, además, me he comprado una carretilla nueva. Si, puedes estar tranquilo... Te daré mi carretilla.

—Gracias. Eres muy generoso —dijo el pequeño Hans y su afable cara redonda resplandeció de gozo—. Puedo arreglarla fácilmente, porque tengo una tabla en mi casa.

—¡Una tabla! —exclamó el molinero—. ¡Muy bien! Eso es precisamente lo que necesito para la techumbre de mi granero. Tiene una gran brecha, y se mojará todo el trigo si no la tapo. ¡Qué oportuno has estado! Realmente es de notar que una buena acción engendra siempre otra. Te he dado mi carretilla, y ahora tú vas a darme tu tabla. Claro es que la carretilla vale mucho más que la tabla; pero la amistad sincera no repara nunca en esas cosas. Dame en seguida la tabla, y hoy mismo me pondré a la obra para arreglar mi granero.

—¡Ya lo creo! —replicó el pequeño Hans.

Fue corriendo a su vivienda y sacó la tabla.

—No es una tabla muy grande —dijo el molinero, examinándola—, y me temo que, una vez hecho
el arreglo de la techumbre del granero, no quedará
madera suficiente para el arreglo de la carretilla;
pero, claro, yo no tengo la culpa de eso... Y ahora,
en vista de que te he dado mi carretilla, estoy
seguro de que accederás, en cambio, a regalarme
unas flores... Aquí tienes el cesto; procura llenarlo
casi por completo.

—¿Casi por completo? —dijo el pequeño Hans,
bastante afligido, porque el cesto era de grandes
dimensiones y comprendía que, si lo llenaba, no
tendría ya flores que llevar al mercado, y estaba
deseando rescatar sus botones de plata.

—A fe mía —respondió el molinero—, una vez
que te doy mi carretilla, no creí que fuese mucho
pedirte unas cuantas flores. Podré estar equivoca-
do; pero yo me figuré que la amistad, la verdadera
amistad, estaba exenta de toda clase de egoísmo.

—Mi querido amigo, mi mejor amigo —protestó el pequeño Hans—, todas las flores de mi jardín
están a tu disposición, porque me importa mucho
más tu estimación que mis botones de plata.

Y corrió a coger las lindas velloritas y a llenar
el cesto del molinero.

—¡Adiós, pequeño Hans! —dijo el molinero,
subiendo de nuevo la colina con su tabla al hombro y su gran cesto al brazo.

—Adiós —exclamó el pequeño Hans.

Y se puso a cavar alegremente: estaba contentísimo de tener carretilla.

A la mañana siguiente, cuando estaba sujetando unas madreselvas sobre su puerta, oyó la voz del molinero que le llamaba desde el camino. Entonces saltó de su escalera y, corriendo al final del jardín, miró por encima del muro.

El molinero venía con un gran saco de harina a su espalda.

—Pequeño Hans —dijo el molinero—, ¿querrías llevarme este saco de harina al mercado?

—¡Oh, lo siento mucho! —dijo Hans—. Pero verdaderamente me encuentro ocupadísimo. Tengo que sujetar todas mis enredaderas, regar todas mis flores y segar todo el césped.

—¡Pardiez! —replicó el molinero—. Creí que, en consideración a que te he dado mi carretilla, no te negarías a complacerme.

—¡Oh, si no me niego! —protestó el pequeño Hans—. Por nada del mundo dejaría yo de obrar como amigo tratándose de ti.

Y fue a coger su gorra y partió con el gran saco al hombro.

Era un día muy caluroso y la carretera estaba terriblemente polvorienta. Así, antes que Hans llegara al mojón que marcaba la sexta milla, hallábase tan fatigado, que tuvo que sentarse y descansar. Sin embargo, no tardó mucho en continuar animosamente su camino, llegando, por fin, al mercado.

Después de esperar un rato vendió el saco de harina a un buen precio y regresó a su casa de un tirón, porque temía encontrarse a algún salteador en el camino si se retrasaba mucho.

"¡Qué día más duro! —se dijo Hans al meterse en la cama—. Pero me alegro mucho no haberme negado, porque el molinero es mi mejor amigo, y, además, va a darme su carretilla."

A la mañana siguiente, muy temprano, el molinero llegó por el dinero de su saco de harina; pero el pequeño Hans estaba tan rendido, que no se había levantado aún de la cama.

—¡Palabra! —exclamó el molinero—. Eres muy perezoso. Cuando pienso que acabo de darte mi carretilla, creo que podrías trabajar con más ardor. La pereza es un gran vicio, y no quisiera yo que ninguno de mis amigos fuera perezoso o apático. Como ves, te hablo sin miramientos. Claro es que no te hablaría así si no fuese amigo tuyo. Pero ¿de qué serviría la amistad si no pudiera uno decir claramente lo que piensa? Todo el mundo puede decir cosas amables y esforzarse en ser agradable y en halagar; pero un amigo sincero dice cosas molestas y no teme causar pesadumbre. Por el contrario, si es un amigo verdadero, lo prefiere, porque sabe que así obra bien.

—Lo siento mucho—respondió el pequeño Hans, restregándose los ojos y quitándose el gorro de dormir—; pero estaba tan rendido, que creía haberme acostado hace poco y escuchaba cantar a los pájaros. ¿No sabes que trabajo siempre más a gusto cuando he oído cantar a los pajaros?

—¡Bueno, tanto mejor! —replicó el molinero, dándole una palmada en el hombro—. Porque necesito que arregles la techumbre de mi granero.

El pequeño Hans tenía gran necesidad de ir a trabajar en su jardín, porque hacia dos días que no regaba sus flores; pero no quiso decir que no al molinero, que tan buen amigo era para él.

—¿Crees que no sería amistoso decirte que tengo que hacer? —preguntó con voz humilde y tímida.

—No, realmente—contestó el molinero—. Pero si te niegas, lo haré yo mismo.

—¡Oh de ningún modo!—exclamó el pequeño Hans, saltando de la cama.

Se vistió y fue al granero.

Trabajó allí durante todo el día hasta anochecer, y, al ponerse el sol, vino el molinero a ver hasta dónde había llegado.

—¿Has tapado el boquete del techo, pequeño Hans? —gritó el molinero con tono alegre.

—Está casi terminado—respondió el pequeño Hans, bajando de la escalera.

—¡Ah!—dijo el molinero—. No hay trabajo tan delicioso como el que se hace por otro.

—¡Es un encanto oírte hablar! —respondió el pequeño Hans, que descansaba, secándose la frente—. Es un encanto; pero temo no tener nunca ideas tan hermosas como tú.

—¡Oh, ya las tendrás! —dijo el molinero—. Pero debes aplicarte más. Por ahora no posees más que la práctica de la amistad. Algún día poseerás también la teoría.

—¿Lo crees de verdad?—preguntó el pequeño Hans.

—Indudablemente—contestó el molinero—. Pero ahora que has arreglado el techo, mejor harás en volverte a tu casa a descansar, pues mañana necesito que lleves mis carneros a pacer a la montaña.

El pobre Hans no se atrevió a protestar, y al día siguiente, al amanecer, el molinero condujo sus carneros hasta cerca de su casita, y Hans se marchó con ellos a la montaña. Entre ir y volver se le fue el día, y cuando regresó estaba tan cansado que se durmió en su silla y no se despertó hasta entrada la mañana.

"¡Qué tiempo más delicioso tendré en mi jardín!", se dijo, e iba a ponerse a trabajar, pero, por un motivo u otro, no tuvo tiempo de echar un vistazo a sus flores: llegaba su amigo el molinero, y le mandaba muy lejos a recados, o le pedía que fuese ayudarle en el molino. Algunas veces, el pequeño Hans se apuraba grandemente al pensar que sus flores creerían que las había olvidado; pero se consolaba pensando que el molinero era su mejor amigo.

"Además —acostumbraba decirse—, va a darme su carretilla, lo cual es un acto del más puro desprendimiento."

Y el pequeño Hans trabajaba para el molinero, y este decía muchas cosas bellas sobre la amistad, cosas que Hans copiaba en su libro verde y releía por la noche.

Ahora bien: sucedió que una noche, estando el pequeño Hans sentado junto al fuego, dieron un aldabonazo en la puerta.

La noche era negrísima. El viento soplaba y rugía en torno de la casa de un modo tan terrible, que Hans pensó al principio si sería el huracán el que sacudía la puerta. Pero sonó un segundo golpe, y después un tercero, más fuerte que los otros.

"Será algún pobre viajero", se dijo el pequeño Hans, y corrió a la puerta.

El molinero estaba en el umbral, con una linterna en una mano y un grueso garrote en la otra.

—Querido Hans—gritó el molinero—, me aflige un gran pesar. Mi chico se ha caído de una escalera, hiriéndose. Voy a buscar al médico. Pero vive lejos de aquí y la noche es tan mala, que he pensado que vayas tú en mi lugar. Ya sabes que te doy mi carretilla. Por eso estaría muy bien que hicieses algo por mí en cambio.

—Seguramente—exclamó el pequeño Hans—, me alegro mucho que se te haya ocurrido venir. Iré en seguida. Pero debías dejarme tu linterna, porque la noche es tan oscura, que temo caer en alguna zanja.

—Lo siento muchísimo —respondió el molinero—; pero es mi linterna nueva, y sería una gran pérdida si le ocurriese algo.

—Bueno; ¡no hablemos más! Me pasaré sin ella—dijo el pequeño Hans.

Se puso su gran capa de pieles, su gorro encarnado de gran abrigo, se enrolló su tapabocas alrededor del cuello y partió.

¡Qué terrible tempestad se desencadenaba!

La noche era tan negra, que el pequeño Hans no veía apenas, y el viento tan fuerte, que le costaba gran trabajo andar.

Sin embargo, él era muy animoso, y después de caminar cerca de tres horas, llegó a casa del médico y llamó a su puerta.

—¿Quién es?—gritó el doctor, asomando la cabeza a la ventana de su habitación.

—¡El pequeño Hans, doctor!

—¿Y qué deseas a estas horas mi pequeño Hans?

—El hijo del molinero se ha caído de una escalera y se ha herido, y es necesario que vaya usted en seguida.

—¡Muy bien!—replicó el doctor. Enjaezó en el acto su caballo, se calzó sus grandes botas y, cogiendo su linterna, bajó la escalera.

Se dirigió a casa del molinero, llevando al pequeño Hans, a pie, detrás de él.

Pero la tormenta arreció. Llovía a torrentes y el pequeño Hans no podía ni ver por dónde iba ni seguir al caballo. Finalmente, se perdió; estuvo vagando por el páramo, que era un paraje peligroso lleno de hoyos profundos, y el pequeño Hans cayó en uno de ellos y se ahogó.

A la mañana siguiente, unos pastores encontraron su cuerpo flotando en una gran charca y lo llevaron a su casita.

Todo el mundo asistió al entierro del pequeño Hans, porque era muy querido. Y el molinero figuró a la cabeza del duelo.

—Era yo su mejor amigo—decía el molinero—. Justo es que ocupe el sitio de honor.

Así es que fue a la cabeza del cortejo con una larga capa negra; de cuando en cuando se enjugaba los ojos con un gran pañuelo de hierbas.

—El pequeño Hans representa, ciertamente, una gran pérdida para todos nosotros—dijo el hojalatero, una vez terminados los funerales y cuando el acompañamiento estuvo cómodamente instalado en la posada, bebiendo vino dulce y comiendo ricos pasteles.

—Es una gran pérdida, sobre todo para mí—contestó el molinero—. A fe mía que fui lo bastante bueno para comprometerme a darle mi carretilla, y ahora no sé qué hacer de ella. Me estorba en casa, y está en tan mal estado, que si la vendiera no sacaría nada. Os aseguro que de aquí en adelante no daré nada a nadie. Se pagan siempre las consecuencias de haber sido generoso.

—Y es verdad—replicó la rata de agua después de una larga pausa.

—¡Bueno! Pues este es el final —dijo el pardillo.

—¿Y qué fue del molinero? —dijo la rata de agua.

—¡Oh! No lo sé a ciencia cierta —contestó el pardillo—, y verdaderamente me da igual.

—Es evidente que el carácter de usted no es nada simpático —dijo la rata de agua.

—Temo que no haya comprendido usted la moraleja de la historia —replicó el pardillo.

—¿La qué? —gritó la rata de agua.

—La moraleja.

—¿Quiere eso decir que la historia tiene una moraleja?

—¡Claro que sí! —afirmó el pardillo.

—¡Caramba! —dijo la rata con tono iracundo—. Podía usted habérmelo dicho antes de empezar. De ser así, no le hubiera escuchado con toda seguridad. Le hubiese dicho indudablemente: "¡Pchs!", como el crítico. Pero aún estoy a tiempo de hacerlo.

Gritó "¡Pchs!" a toda voz, y dando un coletazo, se volvió a su agujero.

—¿Qué le parece a usted la rata de agua? —preguntó la señora pata, que llegó chapoteando algunos minutos después—. Posee muchas buenas cualidades; pero yo, por mi parte, tengo sentimiento de madre, y no puedo ver a un solterón empedernido sin que se me salten las lágrimas.

—Temo haberle molestado—respondió el pardillo—. El hecho es que le he contado una historia que tiene su moraleja.

—¡Ah! Eso es siempre peligrosísimo—dijo la pata.

Y yo comparto integramente su opinión.

Cuentos clásicos juveniles terminó de imprimirse en diciembre de 1996 en Litográfica Ingramex, S.A. de C.V. Centeno 162, Col. Granjas Esmeralda, 09810, México, D.F.